前世は人魚姫ですが、どうしても王子の執着から逃げられません

麻生ミカリ

Illustration
なおやみか

gabriella books

前世は人魚姫ですが、どうしても王子の執着から逃げられません

contents

第一章　人魚姫の末路とレミネン侯爵家の末っ子令嬢

ゆらりゆらりと、足場が揺《ゆ》れる。

けぶる霧《きり》の裾野を見下ろし、この揺れが海の波によるものだと気がついた。朝の海は、潮の香りで鼻腔《びこう》をくすぐる。吸い込んだ空気の冷たさにハッとして、あたりを見回した。

——わたし、どうして船の上に……

なぜだろう。

理由もわからないのに、胸が痛い。何か大切なものを失ってしまった。そんな気がして。

心の底の底からこみ上げる悲しみに、滂沱《ぼうだ》の涙が頰《ほお》を伝う。

右手の甲で頰を拭《ぬぐ》うと、その手に冷たい刃《やいば》が光っていた。

このナイフは、愛《いと》しい人の心臓を一突きにするためのものだ。

愛しい人。

そう、彼は——

ナイフを握る右手と、空っぽの左手を見下ろして、彼女は奥歯を噛《か》みしめる。

そのときだった。

「――およし、そんなことをしたらおまえは海の泡《あわ》になってしまうのよ」

水面《みなも》から顔を出した女がひとり、そう言って細く長い腕をこちらに差し出す。

月光を紡《つむ》いだような、金糸《きんし》の髪。それは、自分と同じで。

腕を伸ばした女の隣にも、また面差《おもざ》しの似た女が悲愴な表情で自分を見上げている。その隣にも、さらに隣にも。


――……姉さまたち、こんなところまで来てくださったのね。

彼女たちは、同じ海の宮殿で育った五人の姉。

長姉《ちょうし》の名を呼ぼうと口を開いたけれど、声は出ない。海面までやってきた五人の女性たちは自分の姉なのに、呼びかけることもできない。

それは、人間の脚《あし》を得るために魔法使いに差し出した代償《だいしょう》だった。

声を失い、恋の成就《じょうじゅ》を願って陸《おか》に上がった日のことを、今もまだ鮮明に覚えている。

期待と不安に押し潰《つぶ》されそうだった胸の鼓動を。

どうしても、あの人にもう一度会いたくて、ただその気持ちだけを原動力に、初めて自分で決めた未来を。

――もう、手に入らない。

かつては、自分にも姉たちと同じ美しい尾ひれがあった。

人魚の国の末の王女として生まれ、十五歳の誕生日に初めて海面まで浮かび上がったその夜、恋をしてしまったのだ。

初恋の王子は、昨晩めでたく船上にて結婚式を挙げた。相手は無論、自分ではない。隣国の王女である。

「おまえが助けてやったことにさえ気づかない、愚《おろ》かな男なのよ」

「そのために、おまえが死ぬ必要なんてないわ」

「さあ、そのナイフであの王子の心臓を刺しておいで。そうしたら、また海の宮殿で一緒に暮らせるのだから――」

姉たちの言葉に、声の出ない喉《のど》で「ありがとう」と息を吐く。

人魚の国の王である父、優しく美しい母と、大好きな姉たち。

けれど、心はすでに決まっていた。

――ありがとう、そして、ごめんなさい。

手から落ちたナイフが、船の床にカランと乾《かわ》いた音を立てる。

魔法使いの与えてくれた二本の脚で、かつて人魚だった娘は船の手すりを乗り越えた。

海風にあおられて、ドレスの裾《すそ》がひらりひらりとはためく。このドレスは、王子が布を選んで仕立ててくれたものだ。

レースのパニエから覗《のぞ》く、細く白い足首。

娘は、静かに目を閉じた。

「駄目よ！」

「いけないわ、もうおまえは泳げないのに！」

——姉さま、みんな、そして大好きな殿下、ほんとうにありがとう。わたしは、とっても幸せでした。とってもとっても幸せだったから、もう殿下のおそばにはいられないの。殿下が幸せでいてくださること、それだけがわたしに残された、最後の望みだから……

華奢《きゃしゃ》な体が水しぶきを上げて、海に落ちた。

人魚たちの悲鳴に、王子の結婚式で船に乗っていた賓客《ひんきゃく》が、驚いた様子で次々と甲板《かんぱん》へやってくる。

「人が落ちたぞ！　若い娘だ‼」

「誰か、救助を！」

美しい金髪が、海の色に溶《と》けていく。

——どうか、あの人が幸せでありますように……

指先から体は透《す》けていき、魔法使いの言ったとおり、彼女は海の泡となる。

広い広い海の、ほんの小さないくつかのあぶくは、ゆっくりと沈む彼女と反対に海の上へと向かっていった。

深い海の底で、最後の泡がぽこりと音を立てたとき、それを透明なガラス瓶《びん》が海水ごと覆《おお》った。

「バカな子ね。だけど、これが人間に恋した人魚の末路よ」

黒衣の魔法使いは、瓶詰めになった泡を目の高さに持ち上げ、誰にも届かない声でそう言う。

儚《はかな》く消えた彼女の恋は、そこで終わるはずだった。

終わるはず——だったのだが。

・・・・・・―・・・・・・・・・・―・・・・・・

「――……ま、エヴェリーナさまッ！」

侍女《じじょ》のメルヤの声が聞こえる。

――侍女？　おかしいわ。わたしはついさっき、海に落ちたというのに……

十五年の人生――もとい、人魚生に別れを告げた直後、彼女は海ではなく階段を真っ逆さまに落ちていった。

だが。

御伽噺《おとぎばなし》は終わり、現実が始まる。いや、正しくは現実に戻ったというべきか。

今日はエヴェリーナの十七歳の誕生日を祝う宴《うたげ》が、レミネン侯爵家で行われていた。

「ご無事ですかっ、エヴェリーナさま！」

わらわらと人が集まってくる。無理もない。来客に挨拶《あいさつ》をすべく、屋敷の中央にある大階段をのぼっていた令嬢が、頭から転《ころ》げ落ちたのだ。

「ええ、わたしは平気よ。心配をかけてごめんなさ――」

そうだ、と彼女は思う。

――わたしはエヴェリーナ。生まれたときからもちろん人間で人魚になんかなったことがなくて、レミネン侯爵の末娘で……。ああ、そうか。わたし、もともとは人魚だったんだ。あれは前世で、人魚だったころのわたしは王子さまと結ばれなくて死んでしまっただなんて、悲しい。悲しすぎる……！

脳内が妙にのどかなのは、まだ現実に馴染《なじ》みきれていないせいかもしれないし、エヴェリーナが元来のんきな性格のせいかもしれない。

そして、何よりも記憶が鮮明すぎた。

ついさっきまで見ていた世界は、すべてが自分の中にある。疑う余地がないのだ。考えるまでもなく、あれは自分だ、とわかってしまう。

それにしても前世だなんて突拍子《とっぴょうし》もないことをすんなりと信じられるのは、エヴェリーナが素直で疑うことを知らない性格だからである。よくいえばそうだが、悪くいえば少々騙《だま》されやすい少女だ。さらにいうと、騙されたとしても悲しむより、相手のことを心配する。そういうお人好《ひとよ》しなところがあった。

――それにしても、階段の踊り場から落ちてどこも痛くないだなんて、わたしったらずいぶん頑丈《がんじょう》みたい。

痛いどころか、背中があたたかい。それはまるで、人の体温のように。

――ん？　人の体温？？？

「怪我《けが》がないようで安心したよ」

後頭部あたりから聞こえてきた声に、エヴェリーナは首筋が粟立《あわだ》つのを感じた。

まさか。

まさかとは思うが、もしや自分はまたやらかしたのでは――

「ライネ殿下……っ⁉」

慌てて立ち上がると、エヴェリーナが尻もちをついたその下に、サンテ・ニモネン王国の第一王子――ライネ・クリストフ・ニモネンが座り込んでいるではないか。

――やっぱり、また殿下の前で失態を……！

美しく微笑《ほほえ》む王子を前に、エヴェリーナはかあっと頬を赤らめた。

エヴェリーナより九歳上のライネは、今年で二十六歳。ふたりは、幼いころから様々な式典や催事で顔を合わせてきた。

それというのも、侯爵家に生まれたときから、エヴェリーナはライネの婚約者候補だったからだ。

「エヴェリーナが無事で何よりだ。我が愛しの婚約者候補どの」

艶《つや》やかな黒髪を軽くかきあげて、彼はすっくと立ち上がる。ただそれだけの動作だというのに、屋敷に集まった客人たちからため息が聞こえてきた。

――わかったわ。わたしがずっと、この美しい殿下を苦手に思ってきた理由。それは、この人が……

エヴェリーナは、前世から引き継《つ》いだ因縁《いんねん》のすべてを知ってしまった。

そう。

彼こそは、かつて人魚姫が愛した王子。

そして、人魚姫を愛してはくれなかった人間の王子なのだ、と――

海に浮かぶニモネン島は、四方を美しい青に囲まれている。かつて海神《かいじん》が妻に求婚する際、ニモネン島を創造し、これを贈ったといわれる島だ。

気候は一年を通じて穏やかで、南側の海浜には海神の別邸と呼ばれる諸島が連《つら》なっている。島の中心にはサンテ・ニモネン王国のもっとも古いレ・クセル宮殿が聳《そび》え、王族は海神の血脈とされていた。

諸外国との交流も盛《さか》んで、特に東と西の大陸同士の国交において、サンテ・ニモネン王国は重要な立場にある。東西それぞれの大陸に渡るには、燃料補給のため必ずニモネン島に寄らなければいけない。港町には宿屋が何軒も並び、市場にはいつも様々な外国の品物が並ぶ。

豊かで美しい、常緑《じょうりょく》の島。

そこで、エヴェリーナは生まれた。

六人姉妹の末娘だったエヴェリーナは、五番目の姉と十四も歳が離れている。国内に二十八家ある貴族の中で、第一王子ライネの出生後十年間に生まれた娘はエヴェリーナを含めてたったふたりだった。そのため、彼女が生まれながらにしてライネの婚約者候補とされたのは必然である。

もうひとり、エヴェリーナと同じ年に生まれた少女は、レミネン侯爵と犬猿《けんえん》の仲といわれるサザルガ侯爵令嬢だ。名をシュルヴィ、銀糸《ぎんし》の髪と紫色の瞳の彼女は、エヴェリーナに強い敵意を向けてくる。

それがサザルガ侯爵の教育によるものか、あるいはシュルヴィ自身がエヴェリーナを嫌っているゆえかは不明だった。

レ・クセル宮殿のお茶会に招かれれば、大人たちの目につかない場所でシュルヴィはエヴェリーナを転ばせたり、振る舞われたケーキのクリームをドレスに塗《ぬ》りたくったりもした。

父・レミネン侯爵は、そういったシュルヴィの子どもながらに卑怯《ひきょう》な行為を罵《ののし》ったが、エヴェリーナはよくいえばおっとりとした、率直にいえばぼんやりした娘だったこともあり、嫌がらせをあまり気にすることもなかった。

なにしろ、ほかに同年代の遊び相手がいないのだから、シュルヴィのしてくることが嫌がらせだとさえ気づかない。

そういう遊び方なのかと勘違いし、突き飛ばされて泥にまみれた手でシュルヴィのドレスにさわり、泣き出されたこともあったほどだ。

「いやあ、愉快《ゆかい》愉快。エヴェリーナが、あのこまっしゃくれたサザルガの娘を泣かせたときには、思わず天晴《あっぱれ》と声を張りたくなるほどだったぞ」

帰宅し、家令《かれい》にそう話す父を見て、自分のしたことはあまりよくないことだったのだと気づく。

父は平和なサンテ・ニモネン王国の王立騎士団団長を務める豪傑《ごうけつ》だ。無論、この島に攻め入ってくる国はなく、騎士団は市井《しせい》の警備やちょっとした揉《も》め事《ごと》の解決、時折山深い東側から現れる野生動物の退治を主に担《にな》っている。

「あなた、そんなふうにおっしゃらないでくださいな。エヴェリーナが粗野《そや》な娘に育ったらどうなさるんですの」

十六歳で父と結婚し、十八歳で一番上の姉を産んだ母は、四十路《よそじ》を過ぎても少女のようなところがあった。

ちなみにエヴェリーナと長姉は二十も離れている。そのため、エヴェリーナが生まれたときには、すでに年上の甥《おい》がいた。長姉は婿《むこ》を取り、夫とともにレミネン侯爵邸で暮らしている。義兄は公爵家の三男で、いずれ父のあとを継いで襲爵《しゅうしゃく》するのだ。サンテ・ニモネン王国では、爵位は男性にのみ認められている。

六人姉妹とはいうものの、長姉と次姉はエヴェリーナが生まれる前に結婚しており、双子の三姉と四姉は物心つく以前に嫁《とつ》いでいった。唯一、幼いころに遊んでもらった記憶のある五番目の姉でさえ、エヴェリーナが五歳になるより早く、若き子爵夫人となった。

「おかあさま、そやってなあに？」

「お上品ではないということよ。お母さまは、エヴェリーナにそうなってほしくないわ」

「粗野なものか。なあ、エヴェリーナ。おまえには勇気がある。しかも、嫌がらせをされても泣いて逃げてくるわけでなし、肝《きも》が据《す》わった娘だ。もし男だったなら、どれほど勇敢《ゆうかん》な騎士になったことか」

「あなたったら」

呆《あき》れ顔で、けれど愛しげに父を見つめる母をよく覚えている。

しかし、シュルヴィに意地悪をされても、エヴェリーナは悲しいと感じたことはなかった。だから、父の言うようにやり返したつもりもなく、ただ遊んでいると思っていたのだ。

生まれ育った家には、長姉の息子で年上の甥はいたものの、男児と一緒に遊ぶのは良家の子女として好ましいことではない。母と姉は、エヴェリーナが将来王家に嫁ぐ可能性を熟慮《じゅくりょ》し、彼女を甥とはなるべく隔《へだ》てて育てた。

思えば、幼いころからシュルヴィはライネと結婚することに執着し、エヴェリーナはライネを苦手としていた。

海から吹く風にサラサラと揺れる、美しい黒髪。少し長めの前髪と、その下の澄《す》んだ緑色の瞳。少年時代から、ライネはこの世のものとは思えぬ美貌《びぼう》の存在だった。

常に穏やかな微笑みを浮かべ、周囲の誰にでも同じように物腰やわらかに接する少年王子。そんな彼に、人々は一角《ひとかど》の人物たる素質を見出《みいだ》す。周囲の期待を受けてなお、ライネは驕《おご》ることなく弛《たる》むことなく、ある意味では何を考えているかわからない微笑で、達観《たつかん》した目をしていた。

その美しさが、彼を取り囲む大人たちよりずっと成熟《せいじゆく》した物腰が、そして何より彼が望むことがまったく読み取れないことが、エヴェリーナは幼心に苦手だったのだ。

ことあるごとに宮殿へ招かれる日々の中で、王子の婚約者候補としてシュルヴィと比較されることはさほど苦ではなかった。

そもそもエヴェリーナは、王子と結婚したいと思っていなかったのだから、シュルヴィが選ばれてほしいとさえ考えていた。

ただし、そんなことを口にしようものなら、サザルガ侯爵にライバル心を持つ父の逆鱗《げきりん》に触れる。両親は、遅くに生まれた末娘の幸せを願うからこそ、王子との結婚を望んでいるのだろう。

少々鈍感なところのあるエヴェリーナではあったが、親の愛情がわからないわけではない。貴族の令嬢として、周囲から後ろ指を指されることのないよう振る舞うことと、宮殿での行事に参加すること。このふたつを守っていれば、父と母はエヴェリーナに満足してくれた。

――だけど、わたしはやっぱりあの殿下と夫婦になるなんて考えられないし、なるべく早くシュルヴィが選ばれるといいのだけど……

実はエヴェリーナはライネの前では、今までに何度も失態をさらしている。結婚が嫌でわざとやった――というのならまだしも、いつも偶然そうなってしまうのだ。もしかしたら、ライネが何を考えているかわからないゆえに、彼といると無意識に緊張して失敗してしまうのかもしれない。

宮殿で行われたライネの二十三歳の誕生日には、ダンスの際に彼の足を踏んだ。十四歳のエヴェリーナに、ライネは微笑んだまま何事もなかったようにリードの手を強めてくれた。

翌年の夏、建国祭のときには馬車のステップを踏みはずしたところを、さっと助けてくれた。集まった人々の前で無様《ぶざま》に転ぶ姿を見せずに済んだのはありがたかったけれど、白い手袋をした彼の大きな手につかまった瞬間、言いしれぬ恥ずかしさがこみ上げた。

昨年の王妃主催の舞踏会《ぶとうかい》では、初めてこっそり葡萄酒《ぶどうしゅ》を飲み、頭がくらくらしているときにバルコニーへ誘ってくれた。どう考えても、夜風に当たるきっかけを作ってくれたとしか思えない。そのときも、彼は「助けてやった」「手を差し伸べてやった」という態度ではなく、いつもと変わらぬ静かな笑みを浮かべていた。

そして、今。

「まあ、エヴェリーナったら驚いて声も出ないのね。殿下、妹を助けてくださり、ありがとうございました。なんとお礼を申しあげたらよいか……」

階段から落ちて、衆目の前でライネに助けられたエヴェリーナは——はっきり言って、それどころではなかった。

一国の王子を前に言葉を失った姿を見て、長姉のアディリーナが助け舟を出してくれたものの、まだ気持ちは落ち着きそうにない。

過去世《かこせ》を思い出しただけではなく、かつて愛した男が目の前にいるのだ。しかも、婚約者候補として。

——だったら、わたしは望んで殿下の近くに生まれてきたの？　前世で結ばれなかった相手と、今生《こんじょう》でやり直すために？　そんなこと……ありえない！

結い上げた金の髪がひとすじ、うなじにほつれる。母譲りの金髪は、姉妹全員に遺伝していた。月光を紡いだようなまろやかな白金のやわらかな髪。同じ髪色の姉が「エヴェリーナ、お礼をおっしゃいな」と背に手を回すのを感じながら、今すぐここから逃げ出したくなる。

できることなら、ひとりになりたい。

ひとりになって、あの過去と向き合いたい。

けれど、それと同時にかつて愛した王子の生まれ変わりであるライネのそばにいたいという気持ちが、胸の中に湧き上がってくる。

——今まで、殿下と一緒にいたいだなんて思ったこともなかったのに。前世がどうだとしたって、わたしはわたしじゃないの？

「エヴェリーナ」

低く甘い声が、自分の名を呼ぶ。

ライネの声には、彼の外見と同じほど人を惹《ひ》きつける何かがあった。それは彼の話し方かもしれないし、声そのものかもしれない。

「は、はい」

声が上ずる。過去、何度といわず呼ばれてきた名が、今日は違って聞こえる。

その理由なら、わかっていた。

——だって、思い出してしまったんだもの。今までと同じでなんかいられないわ。わたし、人魚だったときにこの人のことを好きだった。好きで好きで、どうしようもなく好きで、自分の命よりも大切だった。

そう思うと、今もまだじんわり涙が浮かんでくる。思い出したばかりの過去——前世は、あまりに鮮やかだ。十七年間、安穏と暮らしてきた今のエヴェリーナに比べて、人魚だった十五年の最後の数カ月は、初恋という幸福できらめいていた。

「おそろしい思いをしただろう。少し、人気《ひとけ》のない場所でゆっくりしてはどうかな」

やわらかな笑みとともに、ライネが提案してくれる。これ幸いとばかりに、エヴェリーナは首肯《しゅこう》した。もちろん、彼と離れて気持ちを落ち着けたいと思ったからだ。

「では、お集まりの皆さま。少しの間、主役をお借りします。のちほどきちんとお返ししますので、ご心配なく」

彼は、周囲に集まった客人たちを前に優雅な一礼をする。

――え？　待って、違うの。わたしはひとりで考えたいんです‼

そんなエヴェリーナの気持ちに気づくわけもなく、ライネがそっと白い手袋をした手を差し出してきた。

「…………お気遣いありがとうございます、殿下」

エヴェリーナに言えるのは、それが精いっぱい。

今いちばんそばにいたい人。今いちばんそばにいたくない人。そのどちらも当てはまるライネと一緒に、十七歳になったばかりのエヴェリーナは、屋敷の三階にあるバルコニーへ向かったのだった。


レミネン侯爵邸は、レ・クセル宮殿の東に位置する。島は宮殿のある中心地から東側へかけて山野が広がるため、侯爵邸は城下より高い場所にあった。

そのため、西側のバルコニーに出ると宮殿と商業地区が一望できる。

「久々にこの景色を見る。エヴェリーナは、いつもこんなふうに国の中心を外側から見ることができるんだな」

海からの風は、山へ向かって吹き上がっていく。そのため、エヴェリーナの生まれ育ったこの屋敷には、風過館《ふうがかん》という別名があった。家を訪れる客人に美しい景色を堪能してもらうため、応接間は二階西側にある。

三階西側は、エヴェリーナの私室だ。本来ならば、正式な婚約者ではない異性を招くなどありえないことなのだが、相手が王子とあっては誰も咎《とが》めることはなかった。

それどころか、毎年エヴェリーナの誕生会に訪れるライネは、このバルコニーから見える景色を気に入っている。

「あの、殿下、先ほどはご迷惑をおかけしてしまい、申し訳ありませんでした」

うなじのほつれ毛が、風でそよそよと揺れた。そのたび、開いたドレスの肩口にくすぐったさがこみ上げる。

「あのくらい、なんてことない。気にしないで。今日のエヴェリーナは、いつもと少し違うみたいだけど何かあったのか？」

静かな声で、彼が尋ねてきた。

――何かあったなんてものじゃないわ！　わたしは、すべてを思い出してしまったんだもの‼

誰かに言いたい気持ちがあるのは認める。しかし、そんなことを口走ったが最後、医師を呼ばれるのは間違いない。

まして、ライネのことを前世で愛していただなんて、とても自分の口から言えそうになかった。

「ええと……その、たくさんの方にいらしていただき、緊張していたみたいです」

卒《そつ》のない返答に、彼はほんとうの答えを探るようにじっとエヴェリーナを見つめる。

以前から、口数の多いタイプではない。それはわかっているけれど――

――な、なんでそんなに凝視《ぎょうし》するの？　わたしの格好が、何かヘン⁉

階段から落ちても怪我ひとつしなかったはずだが、もしかしたら鼻血でも出ているのだろうか。さりとて、この場でいきなり鼻の下をこするのは令嬢として間違った所作《しょさ》である。

「昔は、もっと気安く話すことができた」

ぽつりとつぶやいて、彼は寂しげに目尻を下げた。

——昔って……？

幼いころの記憶が、押し寄せる波のように脳裏に蘇《よみがえ》ってくる。それと同時に、過去世でのもうひとりの王子と人魚の思い出が、エヴェリーナの中に浮かんでは消えた。

当然、彼の言う昔はこのサンテ・ニモネン王国での話に決まっている。たとえ王子に前世の記憶があったところで、かつての彼は自分のことをただの流れ者の哀《あわ》れな少女と思っていたはずだ。

——そう、彼は隣国の王女と結婚したんだもの。海で遭難《そうなん》した彼を助けたのがわたしだなんて知らないままで……

「小さかったエヴェリーナは、もっとたくさんいろんなことを話してくれたからね」

「そうでしたか？」

「そうだったよ。忘れてしまった？」

思わず、エヴェリーナは口元に手をあてて考える。自分の記憶では、どこかミステリアスな王子を敬遠《けいえん》していたように思うが、それだけではなかったのかもしれない。そもそも、幼少期のことなど詳細に覚えているわけではないのだ。

「小さかったころというのは、何歳ぐらいの話でしょう？」

真剣に尋ねると、ライネが驚いたように目を瞠《みは》る。それから、一拍置いて彼が笑い出した。

「あははは、そうだなあ。もしかしたら、きみはそれほど変わっていないのかもしれない。私の思い違いか」

「えっ、殿下、待ってください。わたしだって、もう十七歳ですので幼いころと変わっていないなら、それはそれで問題なのですが！」

「うん、そういうところだよ。相変わらず、きみはおもしろい」

大きな手が、ぽんとエヴェリーナの頭を撫《な》でる。手袋越しにも、彼の体温を感じる気がした。

「……何も変わらないよ。大切なものは、ずっと変わらずにあり続ける」

意味ありげな言葉に、彼の言いたいことがわからなくなってしまう。

——言葉足らずです、殿下‼

何がどう変わらないのか、そしていったい何を大切にしているのか、エヴェリーナにはまったく伝わっていない。

それでも。

バルコニーに肘《ひじ》をかけ、国を見下ろす彼はうんざりするほど美しい。そして、ライネがこの国を愛しているのが手にとるように感じられた。

いつも、どこを見ているかわからない不思議な瞳。温和《おんわ》な笑みを浮かべているのに、ときどき心がこもっているのかわからなくなる。感情の起伏《きふく》の少ない人物ではあるが、ライネは優しい。老若男女《ろうにゃくなんにょ》を問わず、彼はやわらかな笑みと声で民に接してきた。

——そんなこと、子どものころからずっと見てきたわ。知っているわ。だけど、だからといって結婚したいと思うわけではないもの。

それに、今は新たな問題が発生している。

エヴェリーナが思い出した前世が事実ならば、今生でもふたりは結ばれない運命にあるのではないだろうか。

――っっ、別に、それでかまわない。わたしより、シュルヴィのほうが殿下と結婚したいと思っているだろうし……

自分でも、なんとなく気づいている。

エヴェリーナは、いくつも理由を並べてライネと結婚しない道を選ぼうとしてきた。争うことが苦手だった。誰かと自分を比べるよりも、自分は自分らしく生きていきたい。母のように祖母のように、たくさんの家族に囲まれていつでも笑っていたい。そういう母親になるのが、エヴェリーナの小さな夢だ。

なぜだろう。

生まれたときから婚約者候補という立場にありながら、ライネのことを結婚相手として思い描くことができない。

――あ、もしかしたら、前世でのことがあるから無意識に殿下との結婚を避けていた……とか？

「エヴェリーナは、どうして私との結婚を望んでくれないのか。私は、そんなに男性として魅力がないかい？」

「えぇっ……!? な、なんですか、急にそんな、どうなさったんです!?」

「どうって、婚約者候補のはずなのにきみはいつも、私と距離を取ろうとするだろう。気になっていないわけがない」

婚約者候補。

その単語は、これまでの人生で何百回、へたをすれば何千回と耳にしてきた。

だが、あくまで候補でしかないと言われているようにも聞こえるし、自分の人生を狭《せば》める言葉でもある。

「ねえ、エヴェリーナ」

くるりと体の向きを変えたライネが、エヴェリーナの名を呼んだ。

日差しが、黒髪をいっそう輝かせる。バルコニーの手すりに背をもたせ、両肘を載せた格好で――

――わたし、知ってるわ。この角度で、以前にもこうして殿下と話したことがある。

だが、それはライネではない彼だ。

見えていた景色も違う。あのころ、ふたりがいたのはニモネン島ではなかった。

『きみは口がきけないのに、その瞳は感情豊かに語りかけてくるのだね』

失った声の代わりに、人間の脚を得て。

人魚だった娘は、王子のそばに暮らしていた。

『見てごらん。あの海で、私は船に乗っていて難破《なんぱ》してしまったことがある』

そう言って、王子はバルコニーから見える青々とした海を指差す。

――ええ、知っているわ。だってわたしは、あの海の深い深いところで暮らしていたんですもの。そうして、あなたが溺《おぼ》れているのを助けたの。

『そのときに、私はたった一度だけ美しい少女に出会った。とはいっても、この目で姿を見たのは二度ほどだ。彼女は私を助けてくれて、そのおかげで今も私はここに生きている』

それはわたし、と告げる声はない。

人魚の娘は、陸《おか》に上がれば人と話すことができないのだから。

六人姉妹の末の人魚は、姉たちの誰よりも美しい声で歌うことができた。父王はその歌声を愛《め》で、姉たちは海のゆらぎにまかせて踊った。そんな幸せの日々を捨て、彼に会うためだけに自分はここへやってきた。

彼がもし、自分を妻に望んでくれなければこの命は終わりを迎える。魔法使いは、人間になる薬をくれたときにそう教えてくれた。

王子がほかの娘と結婚したならば、その翌朝に自分は海の泡となって消えてしまうのだ、と。

『どうしたんだい、悲しい顔をして。ああ、私がもう二度と彼女に会えないことを悲しんでいると気づいてくれたんだね。きみは優しい娘だ。どこか、あの日の彼女に似ているよ――』

その後も、王子は人魚の娘をかわいがってくれた。それは、あるいは愛玩《あいがん》動物のようなものだったのかもしれない。なぜなら彼は、最後まで自分のことをひとりの女性としては見てくれなかったのだから。

「……リーナ、エヴェリーナ、どうして泣いているんだ？」

「えっ……？」

ハッとして我に返る。

ライネといるのに、前世の記憶が白昼夢《はくちゅうむ》のように心を覆っていた。彼が、心配そうな顔でこちらを見つめている。

「すみません、少し悲しいことを思い出しただけです」

急いで手の甲で涙を拭おうとすると、その指先をライネがつかんだ。触れる肌が、じんと熱を帯《お》びる。

――どうして？　今まで、殿下相手にこんなふうに感じたことはなかったわ。

自問に対する答えは、最初からエヴェリーナの中にあった。

彼が、かつて愛した人だと思いだしてしまった。結ばれなかった恋の果て、命を投げ捨てても王子の幸せを願った。それほどまでに、彼を愛していたのだ。

「今日のエヴェリーナは、やはりいつもと違う。十七歳になって、大人になったのだろうか」

問いかけるというより、まるで自分に言い聞かせるふうにそう言って、ライネはエヴェリーナの白い指先に唇を押し当てた。

「で……っ、殿下、何を……!?」

それまでの感傷的な気持ちが、一瞬でかき消えてしまうほどの衝撃《しょうげき》。

指先が燃えるように熱くなり、彼の唇が触れた部分はひどくせつない。体の一部がせつないと感じるのは、生まれて初めてだった。

「立派な淑女《しゅくじょ》に育った婚約者候補どのに、敬意を表したつもりだよ」

「敬意……ですか」

たしかに、手の甲にくちづけることは敬愛を意味する。エヴェリーナも、父が母の手にくちづける姿を何度も見たことがあった。

——でも、今のは指先で……っていうか、手の甲でも指先でも、キスはキスなのに！

「それとも、唇にしたほうがよかった？」

「めっ……滅相《めっそう》もない！　そんなこと、できるわけがありませんっ」

慌てふためくエヴェリーナだが、手をつかまれたままでは後ずさることもできない。

十七歳になったといっても、エヴェリーナはエヴェリーナのままだ。何かが急激に変わったとは感じられないが、彼には違って見えるのだろうか。それとも、取り戻した前世の記憶が、エヴェリーナをこれまでより大人に見せるのか——

「そんなに逃げ腰にならなくていい。私は、何もきみを奪おうとしているわけではないのだから」

細めた目に慈愛《じあい》が宿《やど》る。ライネはそれまでと少し声音《こわね》を変えて、子どもに言い聞かせるようにゆっくりと言った。

——殿下がそんなことをなさるだなんて、わたしだって思っていないわ。ただ、ちょっと驚いたというか、ううん、今までこんなふうに女性扱いされたことがなかったから……

指先は、まだ痛いくらいに緊張している。けれどなぜだろう。もう一度、もう少しだけ、彼の唇の感触を知りたいと願ってしまうのは。

「皆が心配しているかもしれない。そろそろ主役をパーティーに戻してあげなくてはいけないね」

ライネはそう言って、エヴェリーナを階下へエスコートしてくれた。

「――……てくださり、まことにありがとうございました……と」

渡り鳥の羽根で作ったペンを置き、エヴェリーナは大きく息を吐く。

誕生日のお祝いに来てくれた客人たちに、お礼の挨拶状をしたためているのだ。

「エヴェリーナさま、まだあと二十二通ありますよ。あまりのんびりしていては、お礼状の到着が遅くなってしまいます」

「わ、わかっているわ。でも、こんなふうにたくさん字を書くのは疲れてしまうんですもの」

侍女のメルヤが、エヴェリーナの返事に首を傾《かし》げる。無理もない。もともと、エヴェリーナは手紙を書くのが好きだった。季節の挨拶状も、毎年すべて自分で書いている。

だが、誕生日パーティーから数日。

眠るたびに、エヴェリーナは前世の記憶を思い出していく。夢の中で追体験することで、寝ても寝ても疲れがとれない。そればかりか、自分の人格が人魚だったころの過去に影響されていくのを感じていた。

――今だって、ついメルヤの前で「海の中では字を書く必要なんてないのに」と言いそうだったでしょ？

そんなことを言ったら、周囲からどんな目で見られることになるか……

夜ごと、過去世の夢を見ずとも、あれがかつての自分の経験だということはわかっている。なぜ、と聞かれても理由を説明できる気はしないが、わかるのだ。あれは自分の記憶で、自分の経験だ。

――そうでなければ、こんなに胸が痛いわけがないもの……

夢の中で、エヴェリーナはいつでも幸せだった。

大好きな王子のそばにいて、脚の痛みも忘れて彼の声に聞き入る。彼は、たくさんの話をしてくれた。人魚の知らない、人間の世界の話。

海を渡る豪華な客船、その中で行われるダンスパーティー、東の異国から取り寄せた珍しい楽器、南の国で採れる甘い甘い果実。

王子の語る話は、海の中では聞いたことのないことばかり。人魚はそれを聞いているのが、ほんとうに嬉《うれ》しかった。

彼と話ができないことをもどかしいとさえ、思いはしなかった。ただ、目の前に恋する人がいて、自分に笑いかけてくれる。それだけで心は満たされていたのだ。

そして。

ついに、彼女が現れた。

人魚が王子を助けたあと、砂浜で倒れていた彼を見つけた女性である。彼女は隣国の王女だった。

王子は、王女に人魚のことを紹介してくれた。口のきけない大切な友人だと言う彼に、王女は小さく頷《うなず》いて、こちらに手を差し出した。

『これからは、わたしとも友人になってくださいますか？』

彼女が意地の悪い女だったらよかったのに。そうしたら、王女を嫌うこともできた。

けれど、彼女はいつも優しく王子だけではなく人魚にも話しかけてくれた。

最初は、人魚をいつもそばに置いてくれていた王子が、次第に離れていく。婚約者となった王女とふたりで馬車に乗って街へ出かけ、海辺を散歩し、夜ともなれば遅くまで彼女と語り明かす。

もう、そこに人魚の娘の居場所はなかった。

それでも王子が結婚してしまうまでは、どうなるかわからない。自分こそが彼を助けたと気づいてもらえるのではないか。そばにいれば、わかってくれるのではないか――

――まあ、結局王子は気づいてくれなかったんだけど！

二度目の大きなため息をついて、エヴェリーナは次の便箋《びんせん》を机に置いた。

「あと二十二通……」

「はい、さようでございます」

思い出に浸っていても仕方がない。渋々手紙を書き始めると、廊下を慌ただしい足音が行き来する。

――何かあったのかしら？

それから数分ののち、エヴェリーナの居室の扉がノックされた。

メルヤが戸を開けると、家令が彼らしくもない焦《あせ》った表情でエヴェリーナを見る。

「お嬢さま、お客人がいらしております」

「わたしに？」

手にした羽根ペンを顎《あご》先にあて、来訪の予定があったか考えるも、何も思いつかない。

「お急ぎくださいませ。ライネ殿下がお待ちです」

「えっ……、ライネ殿下って、なぜ殿下が急に我が家へ⁉」

今まで、エヴェリーナがレ・クセル宮殿へ出向くことは多々あったけれど、ライネがレミネン侯爵邸へ来ることは珍しい。覚えているかぎりでは、年に一度のエヴェリーナの誕生会だけのはずだ。

――それがなぜ、急に？

とはいえ、来訪の理由がなんだろうとライネを門前払いする貴族はいない。無論、平民だって同じだろう。レミネン侯爵邸の家令も、当然ながら手厚いもてなしでライネを応接間まで案内したはずだ。

メルヤと数名の侍女によって、急いで着替えを済ませたエヴェリーナは、すみやかに応接間へ向かった。

もともと、王室に入ることに興味はない。

だが、以前にましてエヴェリーナはライネとの婚約に否定的な気持ちになっている。もし、彼に恋をしてしまったら――また、自分は命を落とすことになるかもしれないのだ。

――前世のわたしは、王子の幸せのために自分が消えてなくなることを受け入れた。だけどそれは、人魚だったから。人間の世界を知らなかった。だから、幸福に生きて死ぬ人々も知らず、ひとりぼっちで海の泡になることを選べたんだわ。

今のエヴェリーナは、死をおそれる気持ちを持ち合わせていた。同時に、人生をまっとうしたいという願いも強く抱いている。

「……幸せに、なりたいの」

応接間の扉を前にして、ひとりごちた。

人魚のころのほうが、もしかしたら純粋だったのかもしれない。純真無垢《じゅんしんむく》で、ただ愛する人の幸せを祈ることができた。

「我が妃《きさき》となる女性を幸せにするのは、私にとっても願うところだが」

「えっ⁉ で、殿下、なぜそこにっ‼」

唐突に聞こえてきた声は、扉の向こう――ではなくエヴェリーナの背後から響く。

「待ち人の準備が整うまでの間、中庭を散策させてもらっていた」

振り向いたエヴェリーナの視線の先、ライネはいつもと変わらない美しい双眸《そうぼう》を窓の向こうに向ける。あまりに澄んだ深緑の瞳は、ときにどこを見ているのかわからなくなる。

そのせいだろうか。

彼と向かい合って話すときにも、その目が自分ではなくそのもっと向こうにある何かを見ているように感じることがあった。

「それで、エヴェリーナの思う幸せとはなんだ？　できればじっくり聞かせてもらいたい」

「え、そ、それはその……」

じり、と彼が歩を詰める。応接間の扉を背に、エヴェリーナは長い睫毛《まつげ》を二度三度と震わせた。

――ち、近い近い、近すぎます！

動揺している間に、ライネはいっそう顔を寄せてくる。左手をエヴェリーナの頭の脇について、今にも互いのひたいが触れそうな距離に、息を呑《の》んだ。

「きみにとっての幸せとは？」

「っっ……幸せは、あの、な……長生き……っ」

「……長生き？」

彼の表情が、不意に曇《くも》る。

伏せた睫毛が、白磁《はくじ》の頬に薄く影を落とした。

――何か、ご不興《ふきょう》を買ってしまったかしら⁉

ライネは、小さく息を吐いて口を開く。

「そうか。長生きか」

その声は、どこか寂しげに聞こえた。

「いえ、ただ長く生きたいということではなくですね！」

失望してもらい、婚約者候補としてふさわしくないと言われたほうがいい。頭ではそうわかっているのに、過去世で愛した王子と同じ顔を前に、沈黙を貫《つらぬ》くのは難しいことだ。

――だって、あのころは王子にわたしの気持ちを伝えることができなかった。だけど、今は……

「長く生きて、子どもや孫の幸せな顔をたくさん見たいんです。それで、みんなが幸せでいるのを確認したいというか、自分のしたことは間違っていないんだと肯定されたいと言いますか……！」

考えるより先に口が動く。声に出したことで、初めて気づく気持ちもあるらしい。

——ああ、そっか。わたしは、自分のしたことが正しかったか、今でも迷う気持ちがあるのかもしれないわ。

あのときは、彼を殺すよりも自分が消えてしまうほうがいいと思った。

けれど、ほんとうにそうだったのかと不安に思うこともある。もちろん、王子を殺しておけばよかったという意味ではない。

もっと、努力すれば伝えられたのではないだろうか。自分こそが王子を荒波から救い出し、彼の命を守ったのだと。

そうしたら結末は違っていたはずだ。王子は隣国の王女との結婚を考え直したかもしれない。あるいは、人魚の娘を妃に望んでくれたかもしれない。

何より、もし自分が消えたあとで、王子が真実を知ってしまったなら。

優しい彼は、きっと心を痛めただろう。そのとき、そこに自分はいない。彼を慰めることもできず、苦しめることになるのだ。

だから。

長生きをして、子孫の幸せそうな顔を見ることで「わたしの人生は間違っていない」と確認したかった。

「そうか。子だくさんを望んでいるというのなら、私も協力せねばなるまいな」

「そっ、そういう意味ではありませんっ」

「遠慮はいらない。国を継ぐ者として、子どもは多いほうがいい。エヴェリーナの幸福のために、私も一肌脱がせてもらいたい」

こんなところで子作りについて語っているというのに、彼は照れるでもなく嫣然《えんぜん》と笑みを浮かべる。その微笑は、この世のものとは思えないほどに魅惑《みわく》的だ。

どくん、と心臓が大きく跳ねる。

その感覚を知っている、とエヴェリーナは思った。今生ではない。この十七年、誰かに恋をしたことはないのだから。

――恋って……違う、そんなわけがないわ。ただ、殿下がお美しいせいで緊張しているの。そうに決まって……

「エヴェリーナ？」

「っっ……、お相手が殿下だとはまだ決まっておりません……！」

「おかしなことを言う。きみは私の婚約者候補だ。生まれたときから、ずっとそうだったはずだろう？」

そう。あくまで婚約者候補でしかない。実際の婚約者ではないし、まして婚約したからといって結婚するとは限らないのである。

「わたしでは、殿下のお隣に並ぶのに相応と言えますかどうか」

「何を心配する。きみはとても美しい。いつだって、そう思っていたよ」

そんなことは初耳だ。しかも、こよなき美貌の青年から「美しい」と言われても、申し訳ない気持ちでいっぱいになる。

「殿下にはもっとふさわしい方がいらっしゃいます。婚約者候補なら、シュルヴィだって……」

「――へえ」

急に彼の声が低くなった。同時に、周囲の空気が少し冷えたような気がする。

「きみはもしかして、どうやって子どもを作るかまだ知らないのかな、エヴェリーナ？」

ライネが、にっこりと微笑む。誰もが称賛する相貌の持ち主で、その微笑みは老若男女を虜《とりこ》にする――のだが。

――えーと、何かしら。この寒気は……

いつもの微笑みと、何かが違っている。そう、言うならば目が笑っていないのだ。

「知らないなら、教えてあげようか。それを知ってなお、きみは私ではなくほかの男を選ぶかどうか、ぜひ聞きたい」

「あの、ライネ殿下、待ってくださ……」

廊下の向こうを歩いていく侍女が、ちらりとこちらに視線を向ける。なにしろ、ふたりは応接間の前で話し込んでいるものだから、侍女も驚いたに違いない。

「失礼、そういえばここは廊下だったね。応接間で話の続きといこう」

返事を待たずに、ライネが扉を開ける。そして、逃げ腰になるエヴェリーナの腰に腕を回し、彼女を逃がすまいとばかりに室内へ連れ込んだ。

「エヴェリーナ」

背後で扉が閉まる音がする。

けれど、そんなことを気にしていられないほどに、ライネの声は切実だった。触れたら指先が傷ついてしまいそうなほど、心を凝縮《ぎょうしゅく》した声で彼が名を呼ぶ。

「私が誰を想《おも》うか、気になりはしないのか？」

深緑の瞳が、じっとこちらを覗《のぞ》き込んでいた。

なぜ、この人の目はこんなにも美しいのだろうか。どこか憂《うれ》いを帯びたようにも、あるいは寂しさをはらんだようにも見える、深い二重まぶた。左右対称の形良い双眸が、まっすぐエヴェリーナだけを見つめていた。

「そ……それは、わたしごときが考えることではありませんもの」

思わず目をそらしてしまうのは、令嬢らしき振る舞いというよりも反射的な行動だ。

彼の目を見つめ返してしまったら、魅了されてしまう。エヴェリーナは、本能でそれを察していたのかもしれない。

――わたしは、殿下とは結婚できません‼　きっと死んでしまうわ。そんなの、絶対無理っ！

前世で恋した相手だからといって、好きになるとは限らない。そもそも相手には、記憶もない――と思う。

ライネが前世とそっくりな姿であるのと同じく、エヴェリーナもまた人魚だったころとよく似た相貌をしていた。

白金に近い、儚《はかな》げな美しい髪。海の中でももっとも上等な青珊瑚《さんご》色の瞳。むきたてのゆで卵のように白くつるりとした肌に、ほんのりうす赤く染まった頬。あのころと違うのは、生まれつき二本の脚を持っていることだ。

「わたしごとき、ね。でも、シュルヴィごときと結婚させようとするのもどうかと思うが」

彼らしくない物言いに、エヴェリーナは驚いて顔を上げる。そこに、待ち構えたかのように彼の唇があった。

「ん、んんっ……!?」

初めて触れる熱は、ドレス越しに腰を抱かれるときとも、手袋越しの手で触れられるのとも、まったく違っている。

唇と唇を重ねて、ライネがエヴェリーナの体を優しく抱きしめて——

「駄目……っ、や、やめてくださ——あっ……」

「やめない。きみはずいぶん私との婚約について軽く考えているようだ。わかっていないのかい、エヴェリーナ。私は、こう見えてもこの国の王子だ」

言葉の合間に、ついばむようなキスを繰り返し、ライネが白い手袋をはめた手で、背骨を撫でる。

「こうしてきみにくちづけたとしても、誰が私を咎《とが》めよう。かわいい婚約者候補どの、たとえばここできみを奪うことだって不可能ではないとわかっているのか?」

信じられない言葉に、思わず体が逃げを打つ。それすらも予測していたというのか、ライネは逃げるエヴェリーナを軽やかに長椅子へと追いつめた。

「な、何を……ご冗談はおやめください。こんな、こんなこと、ライネ殿下らしくありません」

「さて、それはどうだろう。私は諦めの悪いほうだからね」

その言葉に、ピンときた。彼は、この国の王子である。これまできっと、拒まれるような経験がなかった

に違いない。

——だから、婚約を望まないわたしに興味を持った？

「こ、困ります。我が家でこんな……」

エヴェリーナは、男女の機微《きび》に聡《さと》いほうではない。というよりも、生まれたときから第一王子の婚約者候補とされてきたため、そもそも自由恋愛などできるはずもなく、周囲の男性から誘われることもなかった。

だが、王室に嫁ぐかもしれない娘なのだからと、両親は女性の家庭教師をつけ、男女の営みについてもきちんと学ばせてくれている。

つまり、彼の言ったように子作りの方法を知らないわけではないのだ。

——応接間にふたりでこもって、おかしなことをしていただなんて両親に知られたら……

「婚約するって思われちゃうじゃないですか‼」

いつの間にか長椅子にしっかり押し倒された格好で、それでも懸命にライネを押《お》し留《とど》める。

なかば悲鳴にも似た切実な声で伝えたはずなのに、なぜかライネはエヴェリーナの言葉に顔をそむけた。

——え？　あれ？　なんで？？？

怒らせたのだろうかと思いきや、彼は肩を震わせて笑っているではないか。

「で、殿下……？」

「いや、なんというか、私が思っていたよりきみはおもしろい女性に育っていたようだ」

おもしろい、おもしろい女性。

それは、まったくもって女性に対して形容するには賛辞《さんじ》と程遠い言い回しである。

「婚約すると思われるなら、私としては良案にしか思えないわけだが、エヴェリーナはそうしてほしいということかい？」

「なっ……ち、違います！」

「そうだろうね。きみは、私との婚約を望んでいない。手篭《てご》めにされるのをなんとか押し留めようとして言う言葉としては、あまり適切じゃないように思うけれど」

まだクックッと笑っている彼に、エヴェリーナは悔しさ半分恥ずかしさ半分で赤面した。

「殿下、お戯《たわむ》れが過ぎるように思います」

「お戯れというほど、まだ戯れてはいないだろう」

「なんにせよ、こんな格好でいるところを侍女が見たら驚きます。驚愕《きょうがく》で倒れてしまうかもしれません。ですので――」

――どいてください、は直接的かしら。なんと言えばいいのか迷うわ。

相手がライネでなければ、ここまで言葉に気を遣う必要はないものを。そう思ってから、エヴェリーナはハッと気づいた。

いっそ、言葉遣いのなっていないところを見せつけ、ライネのほうから婚約なんてごめんだと断ってもらうのが得策ではないだろうか。

――そうだわ。以前に読んだ物語で、令嬢に絡んでくるガラの悪い輩《やから》がいたじゃない？　ああいう口調で……

「どきやがれ！　……です……」

結局、小さな声で「です」とつけたして、エヴェリーナはますます顔を赤らめる。生まれたときから貴族家の令嬢として育てられた身には、どうしても馴染まない言葉だった。

そして。

「――っっ、殿下！」

「いや、すまない。これは……なんともかわいらしいものだと、ククッ、あっははは、ははっ、エヴェリーナ、きみは私の知らない面をいくつも持ち合わせている。ああ、なぜ今まで隠していたんだ。こんなにおもしろい人だったとは……ははっ、あはははっ」

抱腹絶倒《ほうふくぜっとう》という言葉が、これほど板についた笑い声もそうはない。涙目になるほど笑い倒したライネだなんて、彼を知る誰も知らないのではないだろうか。

無論、エヴェリーナも彼がこんなふうに笑う人だとは初めて知った。

いつもどこを見ているかわからない、澄んだ瞳をした青年王子。そういえば、前世の彼が声をあげて笑う姿というのも、エヴェリーナは見たことがない。穏やかな微笑みばかりが記憶に鮮《あざ》やかで、同じ顔をしているのにまるで別人のように笑うライネから目が離せなかった。

ひとしきり笑った彼が、人差し指で目を拭う。その仕草を尻目に、エヴェリーナは長椅子に仰向《あおむ》けになっていた体を起こした。

「……とにかく、わたしは殿下の婚約者に相応な人間ではありません。どうぞ、婚約相手にはシュルヴィをお選びに――」

長椅子に座り直したところ、隣にライネが腰を下ろす。

「私はそうは思わない。きみに、ますます興味を持った」

――あんなことで興味を持たれても困るわ！

ぷいっと顔を背けると、エヴェリーナは唇を尖《とが》らせた。

そういえば。

彼はさっき、どさくさに紛れてキスをしてきた。当然のことだが、エヴェリーナにとってはファーストキス。

「エヴェリーナ」

顔を背けていると、手袋をした大きな手がエヴェリーナの手をそっとつかむ。

「どうか機嫌を直してくれ。私は、どうしたらきみが笑ってくれるかわからないんだ」

いつもと変わらない、静かな声だった。けれど、その声に彼の心がこもっているように聞こえる。

「――っ、では、婚約者候補からはずしてください。そうしたら、いくらでも笑います」

ぱっと向き直ると、ライネが驚いたように目を瞠った。

「そこまで、私はきみに嫌われているのか」

「嫌いというわけでは……」

――でも、あなたと恋をして幸福になれる未来が見えないんです！

そう思った瞬間、エヴェリーナは胸の痛みを覚えた。

今ならわかる。

人魚が人間に恋をしたところで、幸せになれるはずなどなかったのだ。そこにハッピーエンドはない。世間知らずの幼い人魚は、夢見がちな瞳で陸《おか》に上がり、海の泡となって果てた。

あのころの自分は、熱病に浮かされるように恋をしていた。恋は盲目《もうもく》というけれど、まさにそれだ。

悲しい結末を知っているエヴェリーナには、互いに人間として生まれた今も、ライネと恋することを恐れる気持ちが強かった。

「たしかに、嫌われるほど私たちはお互いを知らない」

ん？　と、思わず首を傾げる。ライネの返事が、淡々としていながら妙に前向きだったせいだ。

「では、どこまではきみにとって嫌なことかを確認させてくれ」

「は、はい……？」

エヴェリーナの手を握るライネの手に力がこもる。痛くはないが、手袋越しのぬくもりがじわりと伝わってきた。

「こうして手を握られることで、私を嫌いだと感じるか？」

「……いえ、別にそういった感情はありません」

「ふむ。では、さきほどのキスはどうだった？」

「っっ……、それは、その……」

思い出すだけで、またも頬が熱を帯びる。

――そんなこと、尋ねないで……！

「わ、忘れましたっ」

そう言ったエヴェリーナに、ライネが顔を寄せてくる。

「もう忘れてしまったとは。思うがエヴェリーナは、それほどキスの経験が豊富なのか？」

「まさか！」

反射的に答えてから、しまったと思う。いっそ、身持ちの悪いふりでもしたら、王子の婚約者候補からはずしてもらえたかもしれない。

――だけど、それではあまりにお父さまとお母さまに申し訳ないもの。

両親がこれまでどれほどエヴェリーナを慈《いつく》しんでくれたか、当然自分は誰よりも知っている。そして、ライネとの結婚を心から願ってくれているのも事実だ。

「だったら、もう一度しておこう。そう簡単に忘れられてしまわないように」

顎に指をかけられ、エヴェリーナは慌てて逃げを打つ。しかし、長椅子に座ったままでは逃げ場などさほどあるわけではなくて。

「で、殿下、のどが渇きませんか？　よろしければ、父が西方《せいほう》から入手した珍しいお茶を準備させますので――」

「気持ちだけいただく。今は、それよりもっとほしいものがあるのでね」

じりじりと長椅子の端に追いつめられ、絶体絶命を感じたそのとき。

緊迫感を打ち消す、のどかなノックの音が二回、コンコンと続けて鳴った。

「失礼いたします、殿下。エヴェリーナの母でございます」

その声を受けて、ライネが小さく舌打ちする。

「残念だが仕方ない。エヴェリーナ、キスは次の機会に」

エヴェリーナは、慌てて首を横に振った。ぶんぶんと、令嬢らしくもない素振りで。

――お母さま、いいタイミングで来てくださってありがとう‼

本来ならば侯爵である父が挨拶に出向くべきなのだが、今日はあいにく騎士団の訓練日だ。そこで、母がひとりで応接間まで来てくれたのだろう。

なんにせよ、窮地《きゅうち》から救ってもらったことに変わりはない。

「レミネン侯爵夫人、急な来訪で申し訳ありません。先日の誕生会でのことがありましたので、大切な婚約者候補どのにお怪我がないか心配でたまらず」

「まあ、殿下。こちらこそ、娘を助けてくださいましたこと、心よりお礼申しあげます。殿下がいらっしゃらなかったら、エヴェリーナは大怪我をしていたかもしれませんわ」

母の言うことも、もっともだった。あの誕生会の日、ライネが助けてくれなかったらエヴェリーナはすでにこの世にいなかったかもしれないのだ。

――もしかしたら、わたしは人生の終わりだと感じて、前世を思い出したのかしら……？

人は、死の間際に人生を振り返ると聞いたことがあった。ならば、階段の踊り場から落ちたエヴェリーナの体は、命尽《つ》きると勘違いしてもおかしくはない。

そこで、今生の十七年ばかりか過去世まで思い出してしまった――ということは、ありえるのだろうか。

エヴェリーナがそんなことを考えていると、母が深く頭を下げる。

「十年前も今回も、殿下がいてくださったからこそ、この子は無事に生きていられるんですのよ。まさに、エヴェリーナにとっては殿下が唯一無二《ゆいいつむに》の男性ですわ」

「お母さま、十年前ってなんのこと？」

十年前といえば、エヴェリーナはまだ七歳だ。レ・クセル宮殿に出入りするようになって二年ほど経《た》ったころである。

「まあ、いやだわ、エヴェリーナったら。あなた、宮殿でバルコニーから落ちそうになったのを忘れてしまったの？」

言われて、思い出した。

宮殿は、幼いエヴェリーナにとっては広い広い探検の場だった。両親に連れられて行ったお茶会の最中、エヴェリーナはひとりで宮殿散策をした記憶がある。

――そうだわ。そのときに……。

二階の廊下を歩いていくと、扉の開け放たれた部屋があった。エヴェリーナはバルコニーに出て、中庭にいる貴族たちの中から父と母の姿を探そうとしていたのである。

バルコニーの手すりにぶら下がるようにしてつかまり、隙間から顔を出す。すると、顔だけではなく肩も通り抜けられることに気づいた。

幼かったエヴェリーナは、それが楽しくて何度も体をバルコニーから乗り出した。そこまでは覚えている。

「……バルコニーで遊んでいたのは覚えているわ」

「あのころから、エヴェリーナは肝の据わったところがありましたね」

運ばれてきたお茶を飲み、ライネがふっと微笑む。

「落ちそうになったあなたを、殿下が助けてくださったのよ。それなのにエヴェリーナったら、わたくしたちが駆けつけたときには、殿下に抱っこされたままぐっすり眠っていて、お父さまとあとで大笑いしたものよ」

——えっ⁉　ほんとうに？

だが、昔から寝て起きるとたいていの嫌なことを忘れるタイプだった。もし、バルコニーから落ちかけて怖い思いをしたのならば、ぐっすり眠って忘れてしまっていてもおかしくない。

「それに、サザルガ侯爵のご令嬢と遊んでいて噴水に落ちたときも、殿下があなたを抱き上げてくださったし、白馬が珍しくて近寄っていったときも、後ろ脚に触ろうとしたところを殿下が止めてくださったの」

こうして聞いていると、エヴェリーナはずいぶんライネに助けてもらってきたようだ。そのわりに、記憶に残っていないのはどういうことだろう。自分で思うより、エヴェリーナは薄情者なのかもしれない。

「……そ、それはずいぶんとご迷惑をおかけしたようで」

さすがに気まずい思いで、ライネに頭を下げる。すると彼は、笑いそうになるのをこらえたように、口元に拳《こぶし》をあてて咳払《せきばら》いした。

「思い出してみると、エヴェリーナはずいぶんと勇敢な少女だったね」

その後は、姉のアディリーナも加わり、女性三人に囲まれてライネは終始穏やかな笑みを浮かべていた。

エヴェリーナのほうは、自分の黒歴史を思い出して青ざめるばかりだったが、婚約者候補を取り消してもらう話は、さすがに口に出せなかった。


……………………


『わたし、どうしてもあの方に会いたいの』

夢の中で、自分の声が聞こえる。

深い深い海の底、人間の知らない海の宮殿を抜け出して、人魚は魔法使いのもとを尋ねた。

——いけない。その薬を飲んだら、わたしはもう海には戻れなくなるのに。

けれど、前世の自分は躊躇《ちゅうちょ》なく魔法使いに声を差し出してしまう。

『ありがとう、マリッカ。海の魔法使い。あなたのおかげで、わたしはまた王子さまに会うことができるわ』

『そう。会うことはできる。けれどね、おひいさま、ようく覚えておきなさいな。海の中にいれば知らなくて済むことが、陸にはたくさんあるわ。アナタはこれから、人間の世界で嫌なことも経験するでしょう。ここにいる限り、決してしなくていい苦労もすることになるでしょう。それでもいいの？　たった一度会っただけの男のために、人魚としての幸せをすべて捨ててもかまわないというの？』

『ええ、もちろんよ。だってわたし、あの方に恋をしてしまったの』

幼い初恋に、魔法使いがにんまりと笑む。黒衣から覗く口元が、わずかに狂気を感じさせた。

『マリッカ、あなたはとても長生きだと聞くわ。過去に、人間と恋をした人魚はいなかったのかしら？』

彼女の言葉に、魔法使いは水煙管《みずぎせる》の泡を吐く。それからおもむろに、黒いフードを引き下ろした。

あらわになるのは、青みがかった薄い茶色の髪。口調こそ女性めいているが、マリッカは男性だ。長く伸ばした髪を右肩に結わえ、彼は目を細める。

『そんなの、いくらだっているに決まっているじゃない。だけどね、人間と人魚は永遠に添い遂《と》げるなんてできないの。真実の愛で結ばれていなければ、いずれ人間の男は同じ人間の女に心揺らぐものよ。それでもいいの？　結婚したからといって、それが恋の成就だとは限らないのに、それでもアナタは地上へ行きたいの？』

『……行きたいわ。わたし、どうしてもあの人に会いたいんですもの』

手にした小瓶をくいっと煽《あお》る。

苦く甘い、濃厚な香りが鼻を抜けていった。

『ヘンな、味……』

『バカね。もっと海面に近くなってから飲むものよ。ほら、急がないと尾ひれが脚に変わってしまう。さよ

うなら、人魚のおひいさま。もう生きて会うことはないでしょうね――』

そして、人魚は静かに海面へ向かって泳ぎだした。生まれ育った海の宮殿をあとにして、美しい姉妹に別れを告げることもなく、ただ水の上の明るい太陽を目指した。

――だけど、どんなに想ったとしても、あの人はわたしを好きになってはくれないわ。わたしは、王子にとってただの愛玩動物。恋人にも妻にもなれないんですもの。

恋を知ってから初めて見る空は、目が潰れそうなほどに眩《まぶ》しかった。あの日の空の色を、エヴェリーナは今でも覚えている。

――だけど、どうしてわたしは前世のことをこんなに鮮明に覚えているのに、幼少期のことを忘れているのかしら……？

「考えなくていい」

「殿下⁉」

突然聞こえてきたライネの声に、エヴェリーナは夢の中で振り返る。

「何も考えなくていい。怖がらなくていい。きみのことは、ずっと私が守ってあげるからね――」

大きな手が、エヴェリーナの頭を撫でる。いつも着用している白手袋をしていない。ああ、そうだ、と思う。彼は、昔は手袋などしていなかった。着けるようになったのはこの二、三年のことだ。

気づかなかった。彼が何度も自分を助けてくれていたことを、母が同席して語るまでエヴェリーナは忘れていた。

——なぜ、あなたはわたしを守ってくれるの？　わたしは、もう嵐の海からあなたを助けることもできない。ただの人間の娘だというのに……

目を開けると、透明な涙が頬を濡《ぬ》らしていた。窓の外から聞こえてくる、小鳥たちの声。カーテンの隙間から漏れ出《いず》る朝の光。

「……夢……？」

先ほどまで、たしかにこの手がつかんでいたはずの夢の裾が、いつしか脳裏《のうり》からするりと逃げていく。

過去世の夢を見た朝は、その記憶を強く鮮やかに感じることが多いのに、今朝は違っていた。そういえば、夢の終わりに前世の王子ではなくライネが出てきた気がする。

恋したくない、人が。

エヴェリーナの夢の中で、優しく頭を撫でてくれた。

その手の感触を追いかけるように、エヴェリーナは自分で自分の頭に触れてみる。夢の名残《なごり》はどこにもなく、長い髪がさらさらと指の間をこぼれていった。

・・・・・┃・・・・・・・・・・┃・・・・・

朝から冷たい雨の降る日、エヴェリーナはレ・クセル宮殿へ馬車を走らせている。前夜から続く雨は、城下の白い石畳を濡らし、足元が悪い。

「……何も、こんな日に宮殿へ赴《おもむ》かなくともいいと思うのだけど」

雨の日は、昔から苦手だった。

耳の奥で水音が響く気がして、ひどく落ち着かない。そればかりか体調を崩すこともある。幼いころは、流感《りゅうかん》ではないかと家族を心配させたが、雨が上がると何事もなかったように治ってしまう。

「エヴェリーナさまの『雨嫌い病』はなかなか治りませんね」

馬車に同乗する侍女のメルヤが、小さく笑った。

「詐病《さびょう》ではないのよ。わざと具合が悪くなっているわけでもないし……」

「存じております。それに、最近は雨が降っても寝込むほどではなくなりました」

「そういえば、そうね」

こうして外出しているのが、何よりの証拠だろう。だが、できれば今日は『雨嫌い病』で家にこもっていたかった。

「はい。ですので、奥さまのおっしゃるとおり、きちんとお礼状を殿下にお届けにあがるのがよろしゅうございます」

「う……っ……それは、そうなのだけど……！」

雨の中、馬車を走らせているのは母の言いつけによる。先日の誕生会のお礼状を書き終え、ほっとしていたところに母がやってきたのだ。

そして、ライネ宛の手紙を見つけた母は、家令が手紙をまとめて運んでいこうとするのを止めた。

「エヴェリーナ、これは自分でお届けにあがらなくてはいけませんよ」

「えっ？　それは無作法だと思うわ」

「いいえ。あなたったら、殿下に助けてもらったというのに、先日も殿下のほうから足をお運びいただいたでしょう？　お見舞いも兼ねていらしたとおっしゃってくださったけれど、だからこそお礼はきちんと直接申しあげる必要があるのです」

　母は、年齢よりずっと若く見える。長姉のアディリーナと並ぶと、姉妹のようだと昔から言われてきた。実際、普段は少女のようなところのある人なのだが、ライネとエヴェリーナの縁談にかかわることになると、急に押しが強くなる。

「いいこと？　必ず自分で宮殿に出向き、殿下に心よりお礼を申しあげるのですよ」

「……わかりました」

　そんなやりとりがあって、エヴェリーナは今日、宮殿へ向かっている。長雨が続き、それを理由に外出を先延ばしにしていたのだが、昨晩ついに父からも急《せ》かす言葉が聞こえてきた。

「…………雨の日は、苦手だわ」

　馬車の丸い飾り窓から外を見て、エヴェリーナは小さくため息をつく。

　昔は、その理由がわからなかった。雨音が何かに似ていると思いながらも、体の奥に染みついた元となる音に思い至らなかった。

　けれど、今は違う。

——雨の音は、最後に聞いたあの音を思い出す。自分の体が泡になって、海に溶けていくときのあの音……

ぞくり、と体の芯が冷たくなる。その音には、冷酷《れいこく》な終わりを予感させるものがあった。

「エヴェリーナさま?」

「ちょっと緊張してしまって。これだから、宮殿にはあまり行きたくないのよ」

冗談めかして笑ってみせるものの、体の奥に恐怖がある。エヴェリーナとして生まれて十七年、もう人魚だったころよりも人間としての時間のほうが長くなっているはずなのに。

——もしかしたら、これは魂に刻まれた記憶なのかしら。そうでなければ、前世のことを覚えているだなんておかしいことだもの。

だとしたら、ますますもってライネとの結婚は避《さ》けるべきだ。もし彼に恋をしてしまったら、きっと同じ運命を繰り返すことになる。

過去での失敗を思い出してから、エヴェリーナは強くそう思うようになった。

「いつ見ても美しい宮殿ですね」

近づいてきたレ・クセル宮殿の白い影を見て、メルヤがほう、と息を吐く。

「そうね。とても美しい宮殿だと思うわ」

——だけど、あそこには住みたくないの。わたしは、もっと普通の結婚をして、普通に夫を愛して、普通に母親になりたい。そして、いつか老いて家族に見守られて最期のときを迎えたい。

同年代の少女とあまり接することのないエヴェリーナだが、それでも自分の描く未来が、少しばかりほかの娘とずれていることはわかっている。

美しい王子さまに見初《みそ》められて結婚するのが少女の憧れだと、多くの恋物語が告げていた。エヴェリーナも、そういった書物を読んだことが数回ある。しかし、どうにも入れ込めなかった。

なにしろ、どんな物語に出てくる王子よりも美しい王子を彼女は知っている。知っているどころか、生まれたときからその王子の婚約者候補なのだ。

——身近にホンモノがいると、どうにも恋物語に夢中になれないというか……

どんな美辞麗句《びじれいく》に彩《いろど》られた物語の王子も、本物の美しさを伴《ともな》った存在を知っていては子ども騙しに見えてしまう。

実際、前世を思い出すまで、エヴェリーナは恋というものを自分からとても遠い何かだと感じていた。

——だけど、あんなに情熱的になってしまうものなのね。自分の命よりも誰かを大切に思うだなんて、とても怖いことだわ。

「ねえ、メルヤ。聞いてもいい？」

「なんでしょうか」

「もし、メルヤが心から愛した人がいたとして、その人の命か自分の命、どちらかを神さまに差し出さなくてはいけなくなったらどちらを選ぶ？」

「まあ！　なんだか演劇のような展開でございますね」

そう言って、侍女はしばし考え込む。その評定はとても真剣で、エヴェリーナは目を離せなくなった。

「……とても悩みますが、やはり愛する方に幸せでいてほしい気がします」

「そう。そうよね。それが恋というものなのね」

それきり、エヴェリーナは窓の外に視線を向けて、じっと雨音に耐えて過ごした。世にいう恋というものが、前世の自分を滅ぼした。身を滅ぼすほどの激しい恋。それは、とても美しいものだとされる。同時に、衝動に突き動かされているだけにも思える。

——恋なんて危険だわ。それも、殿下相手ならますます命にかかわること。わたしは、絶対にあの人に恋したりしないんだから！

そして、馬車は宮殿の敷地内に入った。

本来、王族の暮らす宮殿には約束もなしにいち貴族令嬢が訪問することなど許されない。

しかし、エヴェリーナとシュルヴィには、ライネを訪問する権利が与えられていた。これまで、自《みずか》らその権利を行使したことはなかったものの、こうして突然宮殿を訪れても、エヴェリーナは中へ案内してもらえる。

通されたのは、一階にある中庭に面した応接の間だった。宮殿には七つの中庭があり、それぞれに主題がある。たしか、この南側の中庭は——

「海中《かいちゅう》庭園だ」

ライネの声に、びくっと肩を揺らして振り返る。

「この中庭は、海中庭園と呼ばれている。実際に海の中にあるわけではないが、散策路の石畳には海を想起させる色味を使っているだろう」

「……海中、ですか」

彼から目をそらし、エヴェリーナはじっと庭園を見つめた。今日のライネは、紫紺に金糸の飾り刺繍《ししゅう》をほどこしたフロックコートを着ている。それがあまりに似合いすぎていて、正視できないほどに神々《こうごう》しい。

「ほら、ごらん。あの散策路には青いガラス片が埋め込まれている。可能ならば、海中の植物も植えたいところだが」

窓際に立つエヴェリーナの背後から、ライネがすっと腕を伸ばす。白い手袋の人差し指が、散策路を指していた。

「ええ、ほんとうですね。雨が降っているから、いっそう海の底にいるような気持ちがします」

人間の知らない、海の底。

エヴェリーナは、ほんの少しだけそれを懐かしんで頷いた。

「……きみに、この庭を見てもらえて嬉しいよ、エヴェリーナ」

「なぜ、わたしに……？」

「五年前、この中庭を改装するにあたり、私の意見を取り入れてもらった」

「まあ、殿下自ら意見を出してお庭を？」

卒のない会話をこなしているつもりが、次第に彼の提供する話題に心が引き込まれていく。この庭を、ライネが考案した。それは、初めて聞く話だった。

彼が海を好きだというのも、今まで一度も聞いたことがなかった。無論、サンテ・ニモネン王国の民ならば、誰もが海神に祈りを捧《ささ》げることを日常とし、海への敬意は持っている。

「春の庭や夏の庭のような定番ではなく、自分の好みを追求した庭にしてみたくてね。その結果、海を題材にしたいと職人に相談したら、思いのほか盛り上がった」

——不思議。ライネ殿下が前世の王子と同じ顔をしているのに、別の人に見える。

王子は、嵐の夜に船が難破したため、その後はあまり船旅に乗り気ではなかった。けれど、ライネは違う。

「海中庭園だなんて大仰《おおぎょう》な名前かもしれないけれど、私は気に入っているんだ」

いつもは、何を考えているのかわかりにくい彼が、いきいきと語る姿にエヴェリーナも自然と微笑んでいた。

「ですが、大仰であってもたしかにこの中庭には海を感じる気がします」

「！　そうか。それは……嬉しい限りだよ」

ふいに顔を横に向けたライネが、胸の前で腕組みをして何かをごまかすように言葉を詰まらせた。

——あら？　殿下、少しお耳が赤いみたい。

どうしたのだろうと思ったとき、横を向いたままで彼が目線だけをこちらに向ける。

深い緑色の瞳が、エヴェリーナを射貫いていた。

「……きみに見てほしかった」

はにかんだような唇が、心臓をどくんと震えさせる。もとより美しい顔立ちのライネだが、ただの美貌に揺らぐほどエヴェリーナとて簡単ではない――つもりだ。

――だけど、今の表情はなんだかいつもの殿下と違っていて、ううん、殿下は殿下なのだけど、嬉しそうなのが伝わってくるっていうか……

考え込んでいるうちに、ライネの表情がぐんぐん変わっていく。はにかむ姿も初めて見たが、そこから口角がぐっと上がっていった。

「嬉しい、嬉しいよ、エヴェリーナ」

そう言うライネは、普段の微笑ではなく満面の笑みを浮かべている。

「こ、こちらこそ、美しいお庭を見せていただき、ありがとうございます……っ」

――こんなふうに、笑う人だったなんて。

何を考えているかわからないと思っていたのは、エヴェリーナのほうがライネをきちんと見ていなかったせいなのかもしれない。

「海は、きみのイメージだった」

「わたしの……？」

「ああ。その青珊瑚《さんご》の瞳は、見つめていると吸い込まれてしまいそうになる」

じっと互いの目を見つめ合い、言葉もないままに時間が過ぎていく。身動きひとつできずに、エヴェリーナは息苦しさを覚えた。

そのタイミングを待っていたかのように、ライネの右手が頬に触れる。手袋越しでも、彼の手が優しいのがわかる。

「エヴェリーナ、私は――」

唇が近づいてきて、あとわずかで重なってしまうと思ったとき、唐突に応接の間にノックの音が響き渡った。

「っっ……」

ライネがぴくりと動きを止める。

「ど、どなたかしら」

エヴェリーナは、慌てて三歩うしろに下がった。

――い、いけないわ。今、わたしったら流されそうになっていた。あのままだったら、きっと殿下にまたキスされて……

一度は許してしまったものの、二度目を捧げるつもりはない。エヴェリーナは、ライネとの縁談がまとまっては困るのだから。

「ライネ殿下……っ」

扉が開いた向こうには、銀髪の儚げな少女が立っている。なぜか両目に涙をためて、彼女――シュルヴィ・サザルガは今にもライネの胸に飛び込みそうな切羽詰まった表情だ。

「どうかしたのか、シュルヴィ」

小柄で華奢《きやしゃ》な体躯《たいく》のシュルヴィは、紫色の瞳でライネを見上げている。社交界では紫銀の薔薇《ばら》と呼ばれる愛らしい顔立ちの女性だ。

——そういえば、シュルヴィも自由に宮殿を訪問できるのだもの。もしかしたら、わたしと違って頻繁に訪れているのかしら。

今まで、幾度となくエヴェリーナは願った。自分ではなくシュルヴィがライネと婚約してくれたらいい、と。けれど、今は少しだけ胸がざわつく感じがする。もしあのふたりが結婚したら、いずれは国王と王妃になるのだ。つまり、この先何十年と、ライネとシュルヴィが並ぶ姿を見ることになる。

「わたくし、刺繍をしていたんです。そうしたら、急に針が折れて……。これは、殿下に何かあったのかもしれないと、慌てて駆けつけました。殿下、ご無事でいらっしゃいますか？」

うるうると潤んだ瞳で、シュルヴィは一途《いちず》にライネを見つめていた。

「それは心配をかけたね。私は無事だ。安心してほしい」

「よかった……！　殿下に何かあったら、わたくし……とても生きていけませんもの……」

安堵《あんど》の声と同時に、白い頬を涙が伝う。ああ、とエヴェリーナは心の中で声を漏らした。

——シュルヴィはなんて素直なのでしょう。針が折れただけで、あんなに心配するだなんて。そういえば、昔から彼女は殿下に夢中だったんですもの。

あんなかわいらしい姿を見せられれば、ライネの心も揺らいでおかしくない。しかし、当のライネは普段と変わらない微笑で、紳士的にシュルヴィの話を聞くだけだった。

「珍しいこともあるものだ。初めてエヴェリーナが行事以外に宮殿を訪れてくれたと思えば、シュルヴィまでやってくるとは」

「あ、あっ、ごめんなさい。エヴェリーナ、いらしていたのね。わたくしったら、殿下のことばかり気にしていて……」

ライネの言葉にハッとした様子で、シュルヴィがこちらに目を向ける。そのまなざしには、どこか勝ち誇《ほこ》るような光があった。

「わたしは、お礼状をお届けにあがっただけなので、そろそろお暇《いとま》いたします。殿下、シュルヴィ、よき午後をお過ごしください」

ドレスの裾を軽くつまみ、エヴェリーナは軽やかに一礼すると、応接の間を出ていこうとした。母に言われたから来たまでのこと。ほんとうは、直接お礼を言うようにと言われていたが、お礼状にしたためたのだからそれで事足りるだろう。

「エヴェリーナ、待ってくれ！」

足早にふたりの横を通り過ぎようとしたとき、ライネが左腕をつかむ。その力が想像以上に強くて、エヴェリーナは息を呑んだ。

「な、何か……？」

「……そんなに急いで帰らなくてもいいだろう。まだお茶も出していない」

シュルヴィと話しているときとは違い、ライネは感情をあらわにしている。それにいちばん驚いた。

先ほどの笑顔といい、今の焦った表情といい、今日のライネはどこか違っている。いや、もしかしたら先日、レミネン侯爵邸を訪ねて来たときからかもしれない。

「あら、いけませんわ、殿下。エヴェリーナはきっとご用事があって早くお帰りになりたいのかもしれませんもの」

そこに割って入ったのはシュルヴィだ。彼女はニコニコと幸せそうに微笑みながら、目だけは笑っていなかった。

「そうなのか、エヴェリーナ。宮殿へ出向いてくれたのは、ほかの用事のついでだと？」

「いえ、そういうわけでは……」

さすがに、一国の王子相手に「ついでに寄りました」だなんて、エヴェリーナだって言えそうにない。

——用事があるわけではないけれど、ここにいたところでシュルヴィに目の敵《かたき》にされるのは明白だもの。

争うのは、苦手だ。というよりも、誰かと争った経験がない。そういう意味で、エヴェリーナは裕福な貴族の娘だった。

もしこれが男児だったならば、学業や剣術、馬術等で友人と切磋琢磨《せっさたくま》することもあるだろう。

だが、エヴェリーナは学校というものに行ったことがない。教育は、女性の家庭教師が屋敷にやってきてくれるものだった。

——何より、わたしはシュルヴィと争うつもりはないわ。

「ついでというわけではありません。ですが、用事が済んだのでこれで失礼いたします。殿下、誕生会の席ではほんとうにご迷惑をおかけしました。今後はあのようなことがないよう、じゅうぶん留意いたします。それでは、わたしはこれで」

すれ違うとき、シュルヴィがほくそ笑むのが見えた。だからといって、何も思わない。彼女は彼女のやり方で、望むものを手に入れようとしている。それだけのことだ。

ただ、ひとつだけ。

もしも前世の自分に、シュルヴィのようになりふりかまわず愛しい男を手に入れようとする気概《きがい》があったなら、あの悲しい離別を迎えることはなかったのではないか。

そう思う気持ちは消せなかった。

控えの間で待っていたメルヤと合流し、エヴェリーナは宮殿の廊下を歩く。過去にレ・クセル宮殿に来たのは式典や行事のときだったので、こうして静かな宮殿内を歩くのは不思議な感じがした。

長い廊下を歩いていると、向こうから楽器を手にした数名の男女が歩いてくる。宮殿で楽師《がくし》として雇われた者たちだろう。

その中のひとり、長身でエキゾチックな顔立ちの男性が、じっとエヴェリーナを見つめていた。視線に気づき、エヴェリーナも彼を見つめ返す。

——あれは……マリッカ？　まさか、なぜこんなところにいるの⁉

海の魔法使い、マリッカ。かつて人魚が人間の脚を得るために、取引をした相手にほかならない。あのころはいかにも魔法使い然とした黒衣をまとっていたが、今のマリッカは正装に、黒いマントを羽織っている。青みがかって見えるほどの、薄い茶色の髪。それをひとつに結わえて、右の肩口からはらりと垂らす髪型も変わらない。

——たしかにマリッカは、とても長命なのだと聞いていたわ。それに、海の底に住んでいても、彼は人魚ではなかった……

では、今ここにいるマリッカはエヴェリーナの知る彼なのだろうか。

「あら、あらあらあら～」

近づくと、マリッカはさも懐かしいと言わんばかりの声をあげた。

「おひいさま、お久しぶりじゃないの。うふふ、ここにいればいずれ会えるとは思っていたけれど、顔を見るまでずいぶん時間がかかったわぁ」

親しげに話しかけてきたマリッカを見て、メルヤが眉をひそめる。この国で、エヴェリーナにこんな口調で話しかけてくる男性は——いや、男性だけではなく女性でもいなかった。

「やはり、マリッカなのね。お久しぶり。こんなところにいるとは思わなかったけれど」

「あら、いやだ。アタシはいつでも神出鬼没《しんしゅつきぼつ》よ。だってほら、アタシったら魔法使いでしょう?」

人間の文化に——少なくとも、ニモネン島に暮らす人々の中に、魔法を使える者はいない。エヴェリーナの知るかぎり、魔法は幻想上の産物として扱われている。

けれど、マリッカのそんな言葉に楽師仲間らしき男女が軽やかな笑い声をあげた。

「まあ、マリッカ、またそんなことを言って」

「なあに、たしかにこいつは魔法使いさ。これほどの楽器の腕前は、なかなかお目にかかれないからな」

――ああ、そうか。そういう意味にとらえられているのね。

なぜか、エヴェリーナのほうがほっとして、マリッカを見上げた。

「困ったわね。アタシ、これから音合わせの予定なのよ。なのに、そんな目で見られたら、素通りできないわ」

冗談なのか本気なのかわからない、芝居がかった口調。マリッカは、エヴェリーナのうしろに控えるメルヤに軽く微笑みかける。

「すこぅしだけ、こちらのお嬢さまをお借りしてもいいかしら。アタシたち、旧知《きゅうち》の仲なの」

「ですが……」

躊躇するメルヤに、エヴェリーナが目配せする。

「だいじょうぶよ、メルヤ。彼の言うとおり、少しの時間でかまわないから、あなたは先に馬車に戻っていて」

「エヴェリーナさま！」

「心配しないで。すぐに戻るわ」

そう言って、エヴェリーナはマリッカと廊下を歩き出した。考えてみれば、彼と並んで歩くのは前世を含めても初めてのことである。

「……ほんとうに懐かしいわ。海乙女《うみおとめ》のおひいさま」

人魚というのは、人間のつけた呼び名だった。元来、人の上半身と魚の下半身を持つ彼女たちを、神は海乙女と読んでいた。

楽師たちの待機場所に案内され、エヴェリーナはひとり掛けの椅子に腰を下ろす。

「マリッカ、あなたがなぜここにいるのか。そして、わたしを待っていたような言い方をしたのか、きちんと話してくれる？」

「あら、気の早いおひいさまねぇ。少しお待ちなさいな。つもる話は、ゆっくり紐解《ひもと》くのが淑女の嗜《たしな》みというものでしょ？」

手にしていた弦楽器を膝に置き、彼もまた長椅子に腰掛ける。テーブルを挟んで向き合ったふたりは、どちらからともなく息を吐いた。

「アナタの王子さま、あれは相変わらずいい男じゃない」

「……っ、やはり知っていたのね」

「ええ、もちろん。でなきゃ、こんな辺鄙《へんぴ》な島まで来て、宮殿の楽師なんてやりはしないわ」

マリッカは、どこからともなく水煙管を取り出した。これは、海の底でも愛用していたものに間違いない。

「ほんと、懐かしいわぁ。アタシが長生きだから、こうして再会できたのよ。どう？　嬉しい？」

知った顔に会えて、しかも自分の前世を知る相手との再会に、複雑な気持ちがこみ上げてくる。

「……わたしは、ほんとうに生まれ変わりだということ。そして、殿下があの方の生まれ変わりだということ」

今さらだが、自分以外に同じことを認識できる相手がいるというのは、この記憶を裏付けることになる。

「そうよ、海乙女の末っ子おひいさま。ただ、アナタは記憶を取り戻すのにずいぶんと時間がかかったみたいねぇ。まったくどんくさいったらありゃしない」

「人間は、前世の記憶なんて持ち合わせないものなのよ」

「ふふ、おもしろい子ね、相変わらず。なんなら、今生でも手を貸してあげましょうか。何がほしい？　望みを言ってごらん」

「……」

エヴェリーナは、マリッカの言葉に数秒考え込んだ。しかし、答えは決まっている。

「何もいらない」

「あら、どうして?」

「あなたから何かをもらえば、それに見合った対価を払わなければいけないからよ」

「まあ、驚いた。末っ子のおひいさまが、こんなに大人になっているだなんて！」

「そんなことよりも、聞きたいことがあるの」

――これも、もしかしたら望みのひとつなのかしら。

「あなたは、どうして人間と人魚が結ばれても幸せになれないと知っていたの?」

その言葉に、マリッカがひどく寂しげに微笑んだ。

第二章　婚約を成立させないための策略

レミネン侯爵邸に帰り着いたころには、雨は土砂降《どしゃぶ》りになっていた。黒灰色の重々しい雲が空を覆い、夕方前だというのに外は夜のように暗い。

エヴェリーナは、ひとりで自室に閉じこもり、長椅子に座って自分の体を抱きしめる。

——人間と人魚は、結ばれても幸せになれない。いいえ、結ばれるべきではないんだわ。

マリッカは、いつもどこか真実を断片的にしか語らないところがある。しかし、今日の彼は違っていた。

『人間と人魚の間に生まれた子どもは、尾ひれを持たないわ。陸の人魚と呼ばれることもあるけれど、外見だけなら人間と同じ。ただ、陸の人魚は死ぬことができないの。首を刎《は》ねられても、胴を切り離されても、炎で焼かれても、体の一部が残っているかぎり再生される。けれど、死なないからって痛みを感じないわけではないのよ。それは、ただ死なないだけ。いいえ、死ねないだけ』

長寿の魔法使い、マリッカ。彼こそが、人間と人魚の間に生まれた陸の人魚だったのだ。

マリッカの母は、六百年前に漁師の男に恋をして、美しい髪と引き換えに人間の脚を手に入れた。前世の自分とは違い、彼女は愛しい漁師と結婚し、子どもを産んだ。その子どもこそがマリッカである。

陸の人魚はある一定の年齢まで、人間と同じく成長する。そして、大人になると成長が止まり、そのまま何百年、何千年という時間を生きていかなくてはいけないという。

——もし、前世のわたしが王子と結ばれていたら……

考えるだけで、指先が冷たくなる。

マリッカは穏やかに語ってくれたけれど、その人生には苦労も多かったことだろう。六百年もの間を生きているということは、誰かを愛しても相手は先に老《お》いて死にゆき、いつもひとりで残されるはずだ。

エヴェリーナは、マリッカのほかに魔法使いを知らない。だが、マリッカからにじみ出る異様さは、長い時を孤独を友にして生きてきたゆえのものだと感じられた。

今の自分は、人間だ。前世がどうあれ、人間である。ならば、エヴェリーナが人間の男性と結婚し、幸せに暮らしていくことは可能だとわかっていても、わずかな不安が心をよぎった。

——ほんとうに、今のわたしは人間なのかしら。自分でそう思っているだけで、人魚のころの記憶があるというのは、わたしの中に人魚の部分があるからなのでは……?

苦手な雨音、昨日のことのように思い出せる過去世の思い出。人間は、少なくとも前世の記憶を持っていない。そう考えると、今の自分というものが疑わしくなる。

——わたしには、誰かを愛する権利なんてないのかもしれない。

窓を叩《たた》く雨は、夜が更けるにつれて重く強くなり、エヴェリーナは夕食もとらずにじっとその音を聞いていた。

どんなに悩んでも、答えの出ない問題に向き合っても、必ず朝は来る。そして、人間だろうと人魚だろうと、食べず眠らずにい続けることはできない。

宮殿へ出向いてから三日。

エヴェリーナは、当日こそただ呆然《ぼうぜん》と部屋にこもっていたけれど、二日目には日中に倒れるように眠りにつき、今日は朝から空腹でたっぷりと食事をとった。

人間ひとりの些細《ささい》な悩みなど、天気にすら影響を及ぼさない。明けない夜はないし、暮れない昼もないのだ。

そう思うと、急に気持ちが晴れ晴れしてくる。今日の晴天のおかげかもしれない。

「エヴェリーナさま、今日はずいぶん食欲がおありですね。よろしゅうございました」

侍女のメルヤが、安堵の表情で微笑む。

「ええ、昨日は寝てばかりであまり食べなかったから、なんだかとてもお腹《なか》がすいてしまったみたい。寝て食べて、あとは体を動かせば健康というものね」

食後の果物まで食べ終えて、エヴェリーナは自分を取り戻していた。元来、おおらかなところがある。悩みといえば、第一王子の婚約者候補に挙げられていることくらいで、普段からエヴェリーナは平和に暮らしていたのだ。

――だけど、そうね。記憶を取り戻してからというもの、なんだか悩んでいることが増えた気がするわ。

前世の自分を引きずっているのかしら。

今のエヴェリーナと、人魚だったころの少女は別の人格である。たしかにあのころの記憶も感情も持っているけれど、それは思考も行動も異なる別の娘の話だ。

もしエヴェリーナが人魚と同じ境遇にいれば、きっと文字を書いて王子に何か伝えようとしたに違いない。ただ、人魚は文字を知らなかった。だから、まずは文字を学ぶところから――

「エヴェリーナさま！」

食後、ゆったりと時間を過ごしていたところに、家令がいつもより大きな声で名を呼ぶ。

「どうしたの？」

「ライネ殿下がいらしております。着替えをなさって、応接間へお急ぎください」

――なんだか、既視感のある流れね……

数日前にも、彼はこの屋敷を訪《おとな》うていた。二度あることは三度あるというが、できれば次回はなしでお願いしたい。

「仕方がないわ。メルヤ、着替えの準備をお願い」

「かしこまりました」

望んだ立場ではないが、エヴェリーナは第一王子の婚約者候補である。そのため、衣装部屋には貴族令嬢にしてもかなりのドレスを所有していた。

エヴェリーナが外出する際に、何度も同じドレスを着て周囲から笑われることのないようにと、父が母に相談してあつらえてくれたものばかりだ。

両親の愛情は、いつも強く感じている。それがなければ、おそらくエヴェリーナはもっと早い段階で、ライネの婚約者候補を自ら辞退していたことだろう。

メルヤがほかの侍女を集めに出ていったあと、エヴェリーナは居室とつながる衣装部屋に足を踏み入れた。

「――ドレスなんて、こんなに必要ないのに」

侍女たちの手をわずらわせないよう、普段遣いのドレスをさっさと脱ぐ。こういうところが上流階級の女性らしくないと、母や姉たちからは注意されることがあった。

けれど、着替えひとつに幾人もの侍女をはべらせなければいけないだなんて、エヴェリーナからすれば無駄なことだ。自分でできることは、自分ですればいい。

「たしかに、きみは何も着ていないときがもっとも美しいのだろうな」

「それは買いかぶり過ぎだわ。ドレスのおかげで令嬢らしく見えるだけですもの――って、え？」

なぜ、彼の声が聞こえるのか。

エヴェリーナは、青ざめて振り返った。

「やあ、エヴェリーナ。今脱いだドレスもじゅうぶん魅力的に思うのだが、きみは私に会うために毎回こうして着替えをしているのか」

「なっ……⁉　なぜ、ライネ殿下がここに……っ！」

居室の扉に背をもたせ、ライネが胸元に腕組みして立っている。衣装部屋の扉を開け放していたこともあり、下着姿は丸見えだ。

「何、せっかくならば少しでも早く、一秒でも長く、婚約者候補どのと一緒に過ごしたいと思って、部屋まで馳《は》せ参《さん》じたまでだ」

——待って、言っていることが理解できないわ！

どこの世界に、訪問先の令嬢の部屋まで勝手に入り込む王子がいるというのか。

動揺しているエヴェリーナが、慌ててライネに背を向ける。無礼は承知の上だ。さすがに未婚女性が下着姿を異性にさらすのはまずい。背中だから見られていいということもないのだが、胸元よりはいくぶんマシだと信じたい。

背後で、カチリと小さな金属音が聞こえた。その音が、居室と廊下をつなぐ扉の鍵だと気づき、エヴェリーナはいっそう血の気が引く思いがする。

「殿下、着替えてから応接間まで伺います。どうぞそちらでお待ちいただけますよう……」

「もう遅い」

白くすべらかな背に、そっと指先が触れた。

肌にしっとりと体温を感じる。彼はいつも、白手袋をしていたはずだ。だが、触れるのは紛れもなく素肌の感触で。

「……白いな」

人差し指の腹で、つうとうなじから背骨をたどられる。ただそれだけの刺激だというのに、エヴェリーナは体をこわばらせた。

「こんなご無体《むたい》、殿下らしくありません。どうか、これ以上は――」

女家庭教師に学んで、男女の閨事《ねやごと》についての知識は持ち合わせている。とはいえ、それはあくまで知識でしかない。そして、具体的な行為の流れは知っていても、詳細については未知の領域だ。

「そんなに緊張することはない。レミネン侯爵は、ご息女に男女の睦事《むつごと》も教育しているのだろう？　だったらわかるはずだ。私は何も、今すぐきみを孕《はら》ませようとしているわけではない」

危険はないと言いたいのだろうが、あまりに直接的な言葉に鼓動が速くなる。人魚生十五年、人生十七年。合わせて三十二年だが、こんな経験は初めてだ。

「で、ですが、その、こういうことは……っ」

先ほどまで青ざめていた頬が、いつの間にか上気して赤みを帯びてくる。触れられた肌はひどく敏感になり、往復する指に甘い反応をしはじめていた。

「ん、ぅ……っ！」

白い絹の下着は、細い肩紐がずれはじめている。足首まである丈の長い下着だが、自宅で過ごすときにはコルセットもパニエもつけていない。そのせいで、下着一枚の体はひどく無防備に感じられた。

「侍女が、来ます……」

「心配いらない。鍵はかけておいた」

「ますます心配されてしまいます！」

着替えを頼んだエヴェリーナが、鍵をかけて自室に閉じこもっているとなれば、ライネの来訪を拒む行動と思われてもおかしくない。

ただし、その客人はエヴェリーナとともに衣装部屋にいるわけだが。

「だったら、侍女が来たら返事をすればいい。少しふたりで話したいから、人払いを命じると言えば、レミネン侯爵家の侍女ともあろう者が主《あるじ》と来客の邪魔をするとは思えない」

この場合、侍女は邪魔ではなく救世主ではないだろうか。

そんなエヴェリーナの気持ちも知らず、ライネがそっと両手で肩をつかんできた。

「っっ……!」

左肩に触れるのは、手袋の感触。右肩に触れるのは人肌の感触。ライネは右手だけ手袋をはずしているようだった。

「そんなに息を詰めては、侍女が来たときに怪しまれる。もっと力を抜いて」

「で、できません、そんなこと!」

彼の腕をふりほどき、エヴェリーナは急いで廊下へつながる扉に向かう。しかし、廊下へ出ればどうなるか。メルヤは、侍女たちを連れて戻ってくる。そこに、下着姿のエヴェリーナが飛び出していき、室内にライネがいるのを見られたら――

――そんなの、誤解を招くに決まっているわ!

ふたりが人目を忍んで不埒《ふらち》な行為をしていたと思われても、なんらおかしくはない。そんな噂《うわさ》が父や母の耳に入れれば、間違いなく殿下との婚約を強く迫るに決まっている。

——どうしたらいいの、どうしたら……

扉に両手をあて、エヴェリーナは必死に考えた。しかし、考えがまとまりそうもないままに、廊下からは侍女たちの足音が聞こえてくる。

「さあ、エヴェリーナ。どうすればいいか、わかるね」

彼に背を向けたまま、エヴェリーナは小さく頭《かぶり》を振る。無情にも、扉一枚を挟んで向こう側からノックの音がした。

「エヴェリーナさま、着替えの準備をしてまいりました」

「……っ、メルヤ、今は着替えはけっこうよ」

そう言うしかあるまい。この格好で、侍女たちを部屋に入れるわけにもいかないのだから。

「そう、きみはとても賢い女性だ」

細い両腕ごと抱きしめるようにして、ライネの腕がエヴェリーナを背後から包み込む。戸にすがる格好から、慌てて両手で胸を押さえようとしたが、彼の動きのほうが先んじていた。

「っっ……！　ぁ、や……っ」

大きな手が、下着越しに乳房を包み込む。

手のひらにこすれて、胸の先端がじんと熱くなるのを感じた。

「エヴェリーナさま？　着替えなければ殿下をお待たせすることになります。開けてくださいませ」

ガチャガチャとノブをひねる音が聞こえる。だが、鍵のかかった扉は揺れるばかりで開きはしない。

「すまない。私はここだ」

「で、殿下⁉」

廊下に動揺が走る。扉一枚向こうで、侍女たちは顔を見合わせていることだろう。

「少し彼女とふたりで話をしたくてね。着飾った姿ではなく、普段のエヴェリーナを知りたいと思った。不調法《ぶちょうほう》だが、このまま話をさせてもらいたい」

——なんて勝手なことを……！

文句のひとつも言ってやりたいところだが、胸をまさぐる彼の手が、エヴェリーナの呼吸を乱していく。この状態で声をあげたら、きっと侍女たちにも尋常でない事態が発生していると知られてしまう。

「……っ、殿下、おやめくださ……っ……」

小さな声で必死に懇願するも、彼の両手は動きを止めない。

裾野から乳房を持ち上げて、手が上にずれる瞬間、小指でかすかに先端の屹立《きつりつ》を弾《はじ》く。発育のよい膨《ふく》らみは、彼の手からこぼれ落ちるときにゴムまりのようにプルンと震えた。

繰り返されるその動きに、次第にやわらかな乳房は輪郭《りんかく》をはっきりとさせていく。左右の胸の中心に息づく敏感な部分が、じんじんとせつなさを訴《うった》えた。

——ああ、こんな、こんなときにどうして……！

思い起こせば、誰かに触れられてせつないという感覚を知ったのも、ライネが相手だ。そして今、またも彼の手で体はせつなく疼《うず》きはじめている。

すでに下着越しにもツンと突き出た乳首がわかるほど、エヴェリーナは体にこみ上げる快楽を逃がそうと、両腿をこすり合わせる。

「さようでございましたか。お飲み物のご用意はいかがいたしましょう」

「必要になったら声をかけるわ……っ！」

浅い呼吸の下、エヴェリーナは懸命に声を絞り出した。侍女たちに、異変を悟られてはいけない。仮にも侯爵令嬢ともあろう自分が、未婚の身でこんなふしだらなことを受け入れているだなんて、誰にも知られるわけにはいかなかった。

侍女たちの足音が遠ざかっていく。

エヴェリーナは、安堵とも官能とも判別できない息を吐いた。その瞬間を見計らっていたかのように、ライネの男性にしては細い指が、きゅっと左右の先端をつまみあげる。

「っ……ひ、ああっ……ん！」

びくびくと全身が震えた。女性の乳房が快感に弱いことは、家庭教師から密《ひそ》やかに伝えられた。だが、快感に弱いというのがどういうことなのか、無垢《むく》なエヴェリーナにはわからなかった。具体的に質問するのは恥ずかしいことに思え、ただ言われるままに記憶していたというのが正しいだろう。

——嘘《うそ》、嘘だわ。こんな……快感というのは、こういうことなの？

甘く、けれどせつなく。

神経を直接撫でられるような鋭敏な感覚と、触れられているところだけではなく全身が総毛立つような痺《しび》れ。

「ああ、かわいい声だ。ここをいじられると、そんな声が出るのだね」

「や……めて、もう……っ」

「もう少し、きみを教えてくれ。私はずっと、きみの体に触れたくてたまらなかった」

なぜ、と心が疑問符を唱えた。たしかにエヴェリーナは、昔からライネの婚約者候補として顔を合わせてきた。だからといって、彼との間に個人的な接触は数えるほどしかない。会話とて、衆目を気にしての一言二言、挨拶を交わしてきただけだった。

「なぜ、私がきみに執着しているのかわからないと言いたいんだね」

つまんだ乳首をクリクリと捏《こ》ね、ライネが耳元で甘くささやく。彼の息が耳朶《じだ》をかすめ、首筋がぞくりと甘い快感に震えた。

「私は、きみが思うよりずっと長い時間、きみのことを想ってきた。年々美しくなるきみを、ほかの誰にも奪われたくない。触れられたくない。いや、誰の目にも映したくないとまで思う」

常から、感情の見えないライネが、甘く悶絶《もんぜつ》するような声音で語りかけてくる。彼の声は苦しげで、それでいてどこか狂おしい熱を隠し持っていた。

——こんな殿下は、知らないわ。だけど……

同時に、彼の衝動を、情熱を、執着を、どこかで感じていた気もする。

「こんな愛らしい体をしていたきみを、私は知らなかった。まだ知らないことばかりだよ、エヴェリーナ。もっと知りたい、きみのすべてを――」

下着の前合わせを留《と》めるリボンが、しゅるりとほどかれた。刹那《せつな》、布一枚で覆われていた肌があらわになる。

「っっ……、だ、駄目……っ！」

逃げようと扉にすがりつく体を、強引に抱き寄せられる。エヴェリーナはライネに強く抱きしめられ、苦しさに喘《あえ》いだ。

「何もしない。これ以上触れたら、きっと私はこらえられなくなってしまうからね。ただ、きみのやわらかな胸を見せてくれ」

「や……ぁっ……、見ないで……！」

抗《あらが》うこともできず、エヴェリーナは白く美しい乳房を揺らす。逃げようとあがけば、胸の下を締めつけるライネの腕のせいで、乳房がはしたなく上下に揺らぐ。

「ああ、なんて美しいんだ、エヴェリーナ」

興奮の伝わる声だった。ライネの息が上がっている。

「たまらない。この乳房にくちづけて、きみのかわいらしいところを何度も吸ってみたい。舌で転がして、しゃぶって、舐《ねぶ》って、きみが甘く鳴く声を聞いてみたい……」

あられもないライネの言葉に、エヴェリーナの体がいっそう反応する。彼は言葉にしただけで、実際にその行為をしたわけではない。なのに、エヴェリーナの乳房はライネが欲した行為を、実際にされてしまったかのように快楽でまみれていく。

「ぁ、あ、いや、いやぁ……」

「かわいいよ、エヴェリーナ。ほんとうはもっと見ていたいけれど、これ以上はかわいそうだ。こんなに純粋な体を、私の欲望で汚すのは心が痛い」

「だ、だったら、おやめください。もう、こんな辱《はずか》めは……」

「辱め？　ひどいな。私はきみを愛でているだけだ。純潔を奪うのは、まだ先のことだからね」

無論、今この場で彼が強行にエヴェリーナを抱くことはとて不可能ではないのだろう。だが、彼はそうしたいと望んでいるわけではないようだ。

「お願い、お願いです……。もう、許して……」

「では、きみからキスをしてくれるかい？」

「……します。しますから」

あられもない格好で、今にも泣きそうになりながら、エヴェリーナは二度三度と首肯する。すると、体の向きがくるりと一八〇度回転し、ひんやりとしたフロックコートに乳房がこすれる。

「んっ……ぁぁ、ん！」

敏感になった体は、布地でこすれるだけでひどく甘い感覚を生み出す。こらえきれない声を漏らし、エヴェリーナは唇を薄く開いた。

「さあ、エヴェリーナ。私をキスで止めておくれ」

ぐいと腰を抱き寄せられ、沸騰《ふっとう》した頭は思考をとうに放棄している。

――キスをしたら、この恥ずかしい行為をやめてもらえる。

愚直にもそう自分に言い聞かせ、エヴェリーナは背伸びをした。長身のライネにくちづけるには、つま先立ちにならなければいけない。

あと少しで唇が触れる――そう思ったとき、エヴェリーナからキスするよう言っておきながら、ライネが最後の距離を詰めた。

「ん、ふ……っ……ん、んんっ」

重なった唇は、前回と何か違う。ひりつくようなせつなさと、狂おしいまでに体を駆け巡《めぐ》る快感に、キスの味すら違って感じるだなんて。

「も……これで……」

「名残惜しいけれど、このくらいにしておくべきか。きみからのキス、たしかに受け取った」

最初から最後まで一方的でありながら、ライネの言葉は心をかき乱す。あるいは、一方的だからこそかき乱されるのかもしれない。

彼に触れられた肌が、いつまでもじんじんとせつなく疼いていた。


――っていうか、どうしてまた宮殿に⁉

あのあと、無事着替えを済ませ、応接間でお茶でも飲んで帰ってもらおうと思っていたはずが、エヴェリーナは王室の紋章が刻まれた馬車でレ・クセル宮殿へと連れてこられてしまった。

「ほんとうは、今日は螺旋塔《らせん》で景色を堪能してから宮殿へ戻る予定だったのだが、少し時間が遅くなってしまった」

螺旋塔は、海岸沿いにあるニモネン島でもっとも古い灯台の通称だ。今は灯台としては使われておらず、一般人の立ち入りは禁じられている。

「エヴェリーナ、次はぜひ螺旋塔へ同行しよう。きみに見せたい景色がある」

宮殿の長い回廊を歩く間、微笑を浮かべて話すライネになんと返事をしたものか。周囲に使用人の姿はない。今ならはっきりと断ることもできる。

「殿下、わたしはあまり塔には興味が」

「さあついた。この部屋だ。扉を開けてごらん」

――わたしの話、聞いてませんね‼

レ・クセル宮殿の南翼《なんよく》最上階、つきあたりの部屋の前でライネが足を止めた。

宮殿内の各扉には、それぞれ異なる意匠《いしょう》が施してある。前回の応接の間は、蔓薔薇《つる》の彫刻がなされていた。

そしてこの扉は――

「これは、波の模様ですか?」

「ああ。きみには海が似合う。青珊瑚のような瞳ゆえだろうか」

見上げたエヴェリーナに、ライネは穏やかな笑みを向けてきた。彼女の居室で無体をはたらいた人物とは到底思えない、やわらかで美しい笑顔だ。

――っっ……！　いけないわ。あんなこと、思い出すべきではないのに。

脳裏に焼きついた甘い快感を、エヴェリーナは必死で追いやろうとする。けれど、体に残る喜悦の名残は、ともすればすぐに再燃しそうだ。熾火《おきび》のようにくすぶっている。

「では、扉を開けます」

逆らったところで、逃げ場はない。無駄な抵抗をするくらいならば、彼の言うなりになっておいたほうが早く屋敷に帰してもらえるはず。

エヴェリーナは真鍮《しんちゅう》のノブに手をかけ、一気に扉を引いた。

「…………まあ！」

興味などなかった。彼が見せたいというものにも、宮殿の美しい装飾にも、職人が技術の髄《ずい》を極めた調度品にも。

それなのに、エヴェリーナは室内を見た途端、感嘆の声を漏らしてしまった。

通常、サンテ・ニモネン王国における内装は赤や緑、黄色が使われることが多い。そこに金や銀の彫金を施す。しかし、この部屋の内装は青の濃淡のみが使われていた。

一面の青と、白い調度品。まるで海と空、そこに雲をあしらったような室内は、見たことのない別世界に感じられる。

「空と海、でしょうか」

「さすがはエヴェリーナだ。すぐに察してくれた。さあ、中に入って。ここは、私が迎える妃のための居室だよ」

そう言われて、踏み出しかけた足が止まった。少なくとも、エヴェリーナはライネと結婚する気はない。婚約者候補はあくまで候補であって、妃になるかどうかはわからないものだ。

——というか、なぜ殿下はこうもわたしに執着なさるの？　先ほどもおっしゃっていたわ。わたしが思うよりも長い時間、わたしを想ってくださっていた、と……

「エヴェリーナ？」

「……お妃さまのためのお部屋でしたら、わたしが入室することはできません。将来、殿下のお妃さまがご気分を悪くされる可能性もありますす」

精いっぱいの誠実な言葉を選んだ。彼が妻となる女性のために用意した部屋は、その身分に立った者こそがふさわしい。

——わたしは、殿下と結婚はできないわ。だってそうでしょう？　前世と同じ道をたどるのは嫌だもの。

ほんとうは、わかっている。

前世の記憶があるからこそ、同じ轍《てつ》を踏むことのないよう回避することもできるのだ。それに、同じ人間が同じ人生を二度歩いたとして、まったく同じ道をたどることはないだろう。

偶然と必然が絡み合い、綾《あや》なして人生を編んでいる。ならば、歯車がひとつずれるだけで、まったく違う結末を迎えてもおかしくはない。

つまり、ライネとエヴェリーナが王子と人魚の生まれ変わりだからといって、必ずしも悲劇的な結末にたどりつくとは限らないのだ。

――だけど、わたしはこの人と結婚したいと思わない。同じ選択はもうしたくないの。愛する人を殺すか、自分が死ぬか。それしかないのはあんまりだわ。

過去世の思い出は、思い出と呼ぶには残酷すぎた。たった一度の恋に破れ、海の泡となることを選んだ自分。

――わたしは自分で決めたから、それを悔やむ気持ちはない。だけど、王子はどうだったのかしら。もし、わたしがいなくなった世界で、王子を助けたのはわたしだったと知ってしまったら?

エヴェリーナは、何度も考えた。王子がそれを知ることはなかったと思いながらも、もし残されたのが自分だったら、と考えることをやめられなかった。

愛する人の未来を守るために、海の泡になろうと決めた。だが、それは何よりも彼を苦しめるかもしれない選択だったのだ。

結局のところ、エヴェリーナはライネを強く拒むことができない。両親の期待、一国の王子への拒絶の困難、そして前世の彼を苦しめたかもしれないという罪悪感。そのすべてが絡み合って、この縁談を叩き潰せずにいる。

「エヴェリーナ、よく聞いてほしい」

「はい」

「私は、きみとの結婚を真剣に考えている」

なんとなくわかってはいたが、これほどはっきりと言葉にされるとは思わなかった。エヴェリーナは目を瞠《みは》り、呼吸さえ忘れかける。

「……きみが望んでいないのは百も承知だ」

いつものように、強引に物事を推し進めるのかと思いきや、ライネはどこか寂しげに目を細めた。

「それでも、私はきみとの結婚を望んでいる。二カ月後の船上舞踏会で、正式な婚約者を発表する予定だ。できることならば、それまでの間にエヴェリーナにも私を選んでもらいたい」

「わたしが、選ぶのですか？」

選択の権利はライネにのみ与えられている。少なくとも、エヴェリーナはそう考えていた。

「きみがこの国の貴族の娘に生まれ、王家の意向に背《そむ》くことができないのは知っているよ。だが、私がきみを選ぶのと同じく、きみにも私との未来を選んでほしい。ほかにどんな未来があろうと、私といたいと思ってもらえるよう励《はげ》む」

「なぜ、わたしなのです？　わたしは、殿下に望んでもらえるような人間ではありません」

たしかに身分からすれば、ライネの選択肢に入るのは当然だった。彼が生まれてから九年、王国内の貴族には女児が生まれなかった。ただそれだけの理由、そしてそれが重要な理由でもある。

大陸では、隣国や同盟国から花嫁をもらうこともあるらしいが、孤島であるニモネン島では貿易国から花嫁を迎えたことがない。国内の貴族家から妃は選出される。ライネの母親も祖母も、もとは貴族の出だ。

「たとえきみが貴族の家に生まれていなくとも、私はきみを選んだ」

「え……？」

「条件が合う中からきみを選ぶのではなく、私は最初からきみとの結婚を望んでいる。エヴェリーナ、きみは私の運命だ」

――殿下は、もしかしてすべて知っているの？

背筋がぞくりと冷たくなる。

自分だけが、この生まれ変わりを知っているのだと思ってきた。十七歳の誕生日、階段から落ちる途中で蘇った記憶。けれど、それ以前のエヴェリーナは何も知らない無邪気な少女でしかなかった。

もしもライネが、自分と同じように前世の記憶を持っているのなら、彼はかつての王子を生かすために人魚が海の泡となったことをも知っているのだろうか。

言葉に詰まったエヴェリーナを見て、ライネが小さく咳払いをする。

「幼いきみが、宮殿に来るたびに転んだり、落ちたり、およそ女児らしくない危険な状況に陥《おちい》るのを見て思った。――この子は、そばにいて守ってあげなくてはいけない、と」

――ん？　んん？　なんだか予想とは違うような？

ライネは懊悩《おうのう》の表情で、ぐっと拳を握りしめた。

「目を離したら、どこの階段から落ちるかわからない。バルコニーの隙間なんて、華奢なきみは容易にすり抜けてしまう。噴水の水は冬場は心臓が止まるほどに冷たいこともわからず、自分の数倍も体の大きな馬を恐れず近づいていく……」

つまり。

ライネが言っているのは、エヴェリーナが浅慮《せんりょ》で自ら危険に近づいていくから、放っておけなかったということらしい。

実際には、宮殿で危ない目に遭《あ》ったことの大半が、シュルヴィによる嫌がらせ行為によるものだった。

――馬に近づいたのは、ただ興味があったせいだけど。

「大人たちは、いつだって話に夢中で子どもの危険に気づいていない。私はいつも、きみが無事か目の端で追いかけていたよ」

「……それは、たいへんご迷惑をおかけいたしました」

「いや、迷惑だなんて思ってはいない。成長して、エヴェリーナは美しくたおやかな女性になった。十七歳にもなれば安心かと思っていたが、きみが階段から落ちるのを目の当たりにしてね。ああ、今もきみは私を必要としてくれている。そう感じたんだ」

きっかけは、あの階段からの転落だった。

――言われてみれば、誕生会を境に殿下はわたしと個人的な接触をされるようになったんだわ！

事情がわかって、エヴェリーナはにっこりと微笑んだ。

「殿下、いろいろとお気遣いをいただきましてありがとうございます。それに、幼少期に何度も助けていただきましたこと、重ねてお礼申しあげます」

「あらたまってお礼を言われると、なんだか照れくさいものがある」

「ですが、そのような理由で結婚相手をお決めになるのはいささか危険に思います。どうぞ、殿下が生涯をともに過ごしたいと思われる女性をお選びに――」

エヴェリーナとしては、ここでしっかりお断りをするつもりだった。前世からの執着ではなく、彼がただ自分を危なっかしく思っているだけなら、今後は自分で自分を守ると宣言すればいいだけのこと。

しかし、そうは問屋が卸《おろ》さない。

「エヴェリーナ」

ライネは、手袋をはめた両手でしっかりとこちらの手を握る。

「ありがとう。私の意向を尊重してくれるのだね」

「は、はい。もちろんです」

なんとなく、雲行きが怪しくなってきた。

「では、生涯かけてきみの守護者となることを約束しよう。公人としての私は我が国を守るためにあり、私人としての私はエヴェリーナを守るためにある」

「…………え、っと」

笑顔が引きつりかける。何か言い方を間違えたのだろうか。

「きみはなんと謙虚な女性なのだろうね。きみにも選ぶ権利があると言ってもなお私の気持ちを慮《おもんぱか》ってくれるとは」

――絶対に間違えたわ、これ……！

いっそ、選ぶ権利があると言われたときに、ライネとは結婚しないと宣言してしまえばよかった。

「ああ、かわいい私の婚約者。すぐに候補ではなく、正式な婚約者として発表できるよう手配をする。そのちには、晴れてエヴェリーナを我が妻と呼べるように――」

大仰な言い回しで、ライネがエヴェリーナを抱きしめようと両腕を広げる。ここで流されるわけにはいかないとばかりに、エヴェリーナは一歩大きくうしろに下がった。

「どうしたんだい、エヴェリーナ」

「殿下、少しお互いの気持ちに齟齬《そご》があるように感じます」

勘違いを指摘するには、相手が悪すぎる。ライネ相手に「間違ってますよ」なんて気軽に言えるほど、エヴェリーナは身の程知らずではない。

――っていうか、殿下はもっと無口でミステリアスで、何を考えているかわからない方でしたよね⁉

「わたしは、殿下と個人的にお話をしたことはほとんどありません。もちろん、殿下のお人柄がすばらしいことは国民の誰もが存じています。皆が、殿下がすばらしいお妃さまをお迎えになることを願っているのです」

何もかもわかっていると言いたげに、彼は微笑んだまま頷いた。その瞳はまっすぐにエヴェリーナを射貫いている。

「その妃こそがきみだよ、エヴェリーナ」

「ですから、それは無理なんですっ！」

話の通じなさに、エヴェリーナは思わず大きな声を出した。ライネに対して無礼だとは知っている。

——でも、はっきり言わないと絶対伝わらない‼

「懸念《けねん》することはない。私はきみを心から大切に思う」

「そんなに心配していただかなくとも、わたし、とても体が丈夫なんです。階段から落ちるくらい、なんてことありません！」

実際、あの高さからまっさかさまに落ちたら無事ではいられなかったと思う。だが、ここでそんなことを言おうものなら、庇護《ひご》欲たっぷりのライネに舵《かじ》をとらせることになる。

「それはすばらしい。体が丈夫だということは、私の子を何人も産んでくれるということか」

「——っっ、そういうことではなくて！」

「では何が不安だ？　エヴェリーナの不安は、すべて取り除こう。それこそが、きみの夫の役目だ」

逃げた分だけ、距離が詰められていく。じりじりと攻防戦は壁際に移動し、気づけばエヴェリーナは白く塗られた瀟洒《しょうしゃ》な棚に背をつけるほどになっていた。

「とにかく、わたしは殿下とは結婚できません！」

「エヴェリーナ、きみはほんとうに愛らしい」

軽く首を傾げて、ライネがまばたきをひとつ。形よい唇が、薄く笑む。

「この婚約から逃げようとして、結果的に室内でふたりきりになってしまう迂闊《うかつ》さも、窮地に陥るほど輝く美貌も、慌てふためいて泳ぐ目も、生命力に満ち溢《あふ》れている。そんなに逃げたいというのなら、逃げられなくしてしまおうか」

彼の右手が、エヴェリーナの頬をそっとかすめた。びくん、と体が震える。しかし、すでに逃げ場がない。

「ああ、これは失礼。愛しい婚約者候補どのに触れるのに、手袋をつけたままというのはよろしくないな」

「で、殿下、もうお戯れはそのあたりで……」

「戯れではないことを、証明しよう」

右手の中指を軽く噛むと、ライネは慣れた様子で手袋から手を引き抜く。美しく穏やかな微笑の存在が、急激に野性味を帯びた。

——いいえ、違うわ。もっと前から、殿下は……そう、衣装部屋でわたしに触れていたときも、こんな目をしていたもの。

人前で見せる微笑みは『ライネ殿下』という仮面でしかない。それを実感して、エヴェリーナは棚に身を寄せる。

ほんとうの彼は、ただ美しいだけの男ではない。人形のような美貌の下に、雄《おす》の本性が隠されていた。

「エヴェリーナ」

——どうしよう。どうしたらいいの？

「エヴェリーナ、そんなに困った顔をされるとますます興奮してしまうとわかっているのかい？」

「そっ……そんなの、わかるわけがありませ——……っっ⁉」

棚にしがみつくように手をかけると、ゴトッと重い音が頭上から聞こえてきた。もしかしたら、飾っていた何かが落ちてきたのだろうか。そう思った瞬間。

「ちょっ……な、えっ、殿下、何を……っ！」

急に、ライネがエヴェリーナに覆いかぶさるように抱きすくめてくる。いや、急ではなかったのかもしれない。先ほどから、彼はじわりじわりと距離を詰め、エヴェリーナに触れようとしていたのだから。

しかし、事態は別方面に問題を抱えていた。

ゴンッと重い音がして、ライネが小さくうめくのが聞こえる。

――何？　いったい、どうなっているの？

「エヴェリーナ、無事か……？」

「殿下、何が……」

言いかけて、エヴェリーナは悲鳴を呑み込んだ。美しい黒髪の下から、赤い血がひとすじ白磁の肌を伝う。

驚きに足元を見ると、立体的な踊り子の像をあしらった、オルゴールのようなものが転がっていた。

「血、血が……」

ドレスが汚れることなどかまわず、エヴェリーナは急いで彼の傷口にハンカチを添える。

「このくらい、なんてことはない。きみに怪我がなかったのなら何よりだ」

「しゃべってはいけません。頭の怪我は危険です。誰か、誰か！　殿下がお怪我を――」

その場に座り込んだエヴェリーナの膝に、ライネが頭をもたせかけた。そして彼は、静かに目を閉じる。

「殿下、殿下っ……しっかりしてください、殿下！」

白いハンカチが真っ赤に染まり、エヴェリーナは喉が張り裂けそうなほど、ライネを呼び続けた。

・・・・・・┃・・・・・・・・・・・・・・┃・・・・・

——ああ、悲鳴も悪くない。

今も、耳に残る悲痛な声を思い出し、ライネ・クリストフ・ニモネンは口元を甘く緩ませる。

この十七年、彼はずっと懊悩しつづけていた。彼女を妻に迎えたいと思いながら、彼女を苦しませることになるのではないかと自問する。そんな十七年だった。

生まれたばかりの彼女と会ったとき、ライネはまだ十歳にも満たない少年で、それでもすぐに彼女がわかった。正しくは、彼女の背負っている過去がわかってしまった。

サンテ・ニモネン王国の王子として生を受ける以前、ライネはとある海沿いの王国でやはり王子として生きていた。

船旅の盛んな国柄で、幼いころから何度も近海を巡っていた彼だったが、ある夜激しい嵐に遭遇し、船が難破した。

海中に沈む体は重く、見上げた水面には月が揺らいでいたのを覚えている。何度も何度も、月に向けてあがき、もがいた。しかし、鼻からも口からも海水が流れ込み、息ができない苦しみに彼は次第に死を覚悟していった。

そのとき、彼の体を白くほっそりとした両腕が抱きとめたのだ。

――きみは、誰……？

海の中では、声が出ない。そもそも、声を出すための空気がもう彼の肺には残っていなかった。

にじむ視界で、金色の美しい巻き毛が揺らぐ。そして、自分を抱いて海面へと浮かび上がっていく彼女は、衣服を着ていなかった。

海乙女、と彼は心の中で小さく呼んだ。

彼は、女性の体を知らなかった。王子として生まれたからには、婚前交渉などもってのほか。厳粛《げんしゅく》な戒律《かいりつ》の国教を守り、彼はそれまで一度たりとも女性の肌に触れることなく生きてきた。

――なんて美しいのだろう。

白い腕をあらわにしながらも、その女性はいやらしさのかけらもなく、神々しいまでの輝きを放っている。

砂浜へたどり着くと、彼女は意識が朦朧《もうろう》とした自分にくちづけを繰り返した。息を吹き込み、吐き出した海水を拭って、また唇を重ねる。

金の髪に海色の瞳。白くやわらかな肌は月光を受けて崇高《すうこう》なまでの美しさを放つ。

何度か大きくむせこんで、彼は砂浜で体を震わせた。

「――あそこよ。人が倒れているわ！」

遠く、人の声がする。

金の髪の少女は、一瞬体をこわばらせ、すぐに彼のそばから離れていった。

――行かないで、美しいきみ。せめて名前を教えてください。

そう言いたかったが、まだ喉と胸が焼けるように痛い。さんざん海水を飲んだせいで、呼吸するだけでも精いっぱいだ。

その後、彼は数日間眠り続け、目を覚ましたのは隣国の小さな街の診療所だった。

当然、彼女の姿はない。

――あの女性は、人間ではなかった。あれこそが、伝承に聞く海乙女に違いない。

もし彼女が海乙女ならば、二度と見《まみ》えることは叶《かな》わないのだろう。彼の国に連絡が行き、王宮から迎えが来るころには、王子は海で出会った美しい女性のことを夢だったと感じるようになっていた。

誰に言っても信じてもらえない。

深い海の底から、彼を抱いて砂浜まで連れてきてくれた人外《じんがい》の少女。

のちに、彼は自国で療養中、ひとりの少女を拾った。愛らしい顔立ちをしていながら、言葉を話せない少女だ。彼女は歩くのが苦手で、ひどく世間知らずだった。

ひとりでまっすぐ歩けず、すぐに足が痛むのか顔をしかめる。

彼が手を貸すと、嬉しそうに頬を染めた。

それが、忘れられない――

「殿下、どうして微笑んでいらっしゃるんですか?」

金色の髪の乙女が、少し困った表情でこちらを見つめている。

ライネはそれが嬉しかった。また、彼女に会えた。そう実感できる。

「それはもちろん、私の婚約者候補どのがつきっきりで看病してくれる喜びを噛みしめていたからだ」

この十七年。ずっと彼女を見守ってきた。そばにいられないときも、婚約者候補が健《すこ》やかに成長しているか確認するためという名目で、エヴェリーナに護衛をつけた。

だが、護衛から報告として彼女の様子を聞くたびに、ライネは護衛に嫉妬《しっと》した。羨《うらや》ましくてたまらなかった。ほんとうならば、自分が彼女のそばで見守っていたかったのに、とライネは王子に生まれた自分を嘆いた。

「わたしのせいでお怪我をなさったのですから、当然のことです」

そう言いながらも、エヴェリーナは不本意を顔に表わしている。彼女は素直な女性だ。だからこそ、ライネは彼女を愛しく思う。

幼いころから、女性が困ったり悩んだりしている表情に魅力を覚える、奇妙な性癖を持ち合わせていた。

その理由が、かつて声を失った少女が歩くときにつらそうにしていたこと。自分が手を貸すたび、幸せそうに笑ってくれたことだと思い出したのは、彼が七歳のときだった。

思い出して、絶望した。

思い出すほどに、彼女を恋しく思って幼いライネは涙を流した。

かつての自分がおかした愚かな過ちは、もうどうあっても取り返しがつかない。この世界に彼女が生まれるまでの間、ライネはひどく陰気な子どもだった。

何も言わずにエヴェリーナに見とれていると、彼女はますます眉根を寄せる。その表情に、ライネがうっとりしていることなど気づくはずもない。

「きみのせいだなんてことはない。私が、エヴェリーナを守りたかっただけだ。その美しい肌に傷がつかなくて何よりだよ」

――そして、きみが私に罪悪感をいだいて宮殿に滞在してくれている。無体をはたらかずとも、自主的に私のそばに残ることを決めてくれた。怪我の功名とはよく言ったものだな。

そう。ライネが怪我を負ってから六日が過ぎるが、その間エヴェリーナは宮殿で暮らしているのだ。

本来ならば、彼女のために内装を変えた部屋を使ってもらいたいところだった。しかし、妃のための部屋を使うことはできないと、エヴェリーナは強く固辞《こじ》した。

その結果、彼女はライネの私室と隣接した寝室に寝泊まりしている。愛しい女性がすぐ近くで生活しているというのは、なんとすばらしいことか。

ライネの本音などつゆ知らず、エヴェリーナは申し訳なさそうに肩をすくめている。

傷口はふさがり、医官の勧めで養生しているだけだのだが、日がな一日寝台で過ごすライネを彼女は気遣ってくれた。

「そろそろ包帯を交換したほうがよろしいかもしれませんね。のちほど、医官を呼んでくれるよう、侍女に声をかけておきます」

そう言って、寝台脇の籐《とう》椅子から立ち上がったエヴェリーナに、ライネは思わず手を伸ばす。

細い手首をつかむと、彼女は当惑と驚きの混ざりあった瞳でこちらを見た。

「……もう少し、ここにいてくれないか？」

——きみが離れていくのが、怖い。

前世の自分は、助けてくれた少女がそばにいることに気づかず、砂浜に倒れているところを看病してくれた隣国の王女と結婚した。

今思い出しても、自分をうしろから蹴《け》りつけたくなるような失態だ。しかも、そのせいで人魚は海に身を投げたのだから。

「わかりました。わたしでよければお話相手を務めさせていただきます」

「ありがとう、エヴェリーナ」

——今度こそ、決してきみを離したりしない。

ライネは、知っている。

自分の過ちを知ってなお続く、虚無《きょむ》の日々。人魚は、二度も自分の命を助けてくれた。初めはあの嵐の海で、二度目は結婚式の翌朝に。

真実を知った王子が、その後深い悲しみに命を落としたことなど、なんの償《つぐな》いにもなりはしない。

だからライネは決めているのだ。今生こそ、必ず彼女を幸せにする、と——

・・・・・┃・・・・・・・・┃・・・・・

エヴェリーナが、宮殿で生活するようになって七日が過ぎた。

自分のせいでライネに怪我を負わせてしまった。頭の傷は血が出やすいとはいえ、相当な量の出血に彼が死んでしまうのではないかと思った。

ライネに恋をしてはいけない。

ライネと結婚なんて絶対にできない。

記憶を取り戻す以前も以降も、エヴェリーナはその声が自分の中で響くのを何度も聞いた。

用意された個室で、エヴェリーナはひとりため息をつく。すでに外は暗く、ライネは眠りに就いている時間だ。

宮殿に滞在することを、侍女のメルヤに頼んで実家に伝えてもらったところ、父は祝杯をあげて喜んだらしい。エヴェリーナが、やっと婚約者候補として本気になったと勘違いしたのだろう。

実際のところは、ライネが「そばにいてほしい」と寝台で弱々しく懇願したのを断れなかった。ただそれだけのことである。

——わたしのせいで怪我をされたのだから、お世話をするのは当然だわ。

そろそろ横になろうかと、エヴェリーナはガウンを脱いだ。滞在中、ライネは内装を新調したばかりの妃の間を使うようにと言ってくれたが、さすがにそれは憚《はばか》られる。——というよりも、妃の間を使ったから妃だ、なんてなし崩《くず》し的に婚約を推し進められてはかなわない。

ほかの部屋を、と懇願《こんがん》したエヴェリーナに与えられたのは、本来客室ではない部屋だった。

ライネの私室と隣り合い、廊下に出なくても居室と居室が扉でつながった乳母用《ナニー》の部屋である。幼少期のライネには、泊まり込みの乳母がついていた。王子の乳母ともあれば、ただの使用人ではない。貴族の血を引く、身許のしっかりした女性だったそうだ。

それにしても、乳母用の居室と寝室の二間を用意するとは、さすが王族である。

――幼いころのライネ殿下は、どんなお子さまだったのかしら。

生まれたときから彼の婚約者候補として過ごしてきたわりに、エヴェリーナはライネのことを知らない。年に数度顔を合わせ、決まりきった挨拶をし、ときにはダンスのひとつも踊ってきたというのに、彼という人を知ったのはごく最近のように思う。

いつも穏やかに微笑んでいるばかりで、何を考えているかわからない――そう思っていたライネは、話してみるとまったくミステリアスとは程遠いと知る。

――ほんとうの殿下は、いったいどんな方なの……？

そんなことを考えていると、コンコンとノックの音が聞こえてきた。

ぼんやりしていたせいで、そのノックが廊下側の扉から聞こえたのか、隣室との間にある扉から聞こえたのかわからない。

「は、はい。なんでしょうか？」

「エヴェリーナ、まだ起きているかい？」

聞こえてきたのは、ライネのやわらかい声。隣室から、彼がノックしたようだ。

「ええ、起きております」

慌てて脱いだばかりのガウンを羽織《はお》り、エヴェリーナは扉を開ける。

「今日はなかなか眠れない。よかったら、少し話をしないか？」

まだ頭に包帯を巻いた彼は、扉枠に左手をかけて首を傾げた。

「わかりました。ですが、殿下は寝台に横になってください。立ち上がったり歩いたりするのは最小限にと、医官も言っておられましたよ」

「ああ、そうする。では、エヴェリーナが一緒に寝台に入ってくれれば――」

「寝台の横に椅子がありますので、どうぞお気遣いなく」

にっこりと笑顔で彼の言葉を遮《さえぎ》り、エヴェリーナはライネを急《せ》き立てるように寝台へ戻した。

上掛けをかけ直し、橙色《だいだいいろ》の燭台《しょくだい》の明かりの中、籐椅子に腰をおろす。

ライネは枕に頭をあずけて、じっとこちらを見つめていた。

「どうかなさいましたか？」

「いや、女性の寝間着というのは、下着と似たものなのだな。それとも、寝間着と下着は同じものなのか？」

そういえば、以前にレミネン侯爵邸を尋ねてきた彼は、エヴェリーナが着替え中の衣装部屋まで足を踏み入れたことがある。あのときに、下着姿をじっくり見られていたのだろう。

「別のものです。そ、それと、女性の下着や寝間着についてあまり言及なさるのはどうかと思います！」

「そうなのか。ドレスというのもいったいどうやって、あんな難解な造りになっているのか気になるが」

たしかに、男性の衣服に比べて女性のドレスはどこをどう締めるか、どのリボンが飾りでどのくるみボタンを留めるのか、わかりにくいのかもしれない。

「……わからないから、魅力的に見えるのかもしれませんね」

エヴェリーナは、ふっと目を細める。

「わたしも、男性の衣服の着方についてはあまり詳しくありません。父が着替えをする姿は見たことがありませんし、男兄弟もおりませんもの」

「きみが望むなら、いつでも着替えを見せてあげよう」

「いえ、けっこうです」

思わず、本音が口をつく。エヴェリーナは、顔をしかめたのをライネに見られていまいかと、彼の表情を観察した。

しかし、ライネはなぜかとても幸せそうにこちらを見つめているではないか。

「……殿下は、なぜわたしと婚約しようと思われるんですか？」

「なぜとは？」

「だって、シュルヴィのほうがわたしよりずっと愛らしい顔立ちをしています。それに彼女は刺繍や楽器の演奏も得手だと聞きました」

「では、エヴェリーナは私がもう少し醜男《ぶおとこ》だったなら、婚約に乗り気になってくれたのだろうか？」

「そういうことではありませんが……」

彼にとって、美とは称賛に値《あたい》するものではないのかもしれない。今の言い方では、まるでライネが自身の美貌を疎ましく思っているようにも聞こえる。

「それと同じだ。たとえ顔の皮一枚が美しかろうと醜《みにく》かろうと、その人間の価値になんら影響はない。私がエヴェリーナと結婚したいと思うのは、きみの魂に惹《ひ》かれたからだ」

「魂、ですか？」

予想しえない返答に、エヴェリーナは思わず眉根を寄せた。

「ああ。初めはきみの魂に惹かれた。けれど、きみの成長を見守り、きみを知れば知るほどに、きみという存在の放つ生命力を愛しく思うようになった」

——えっと、ますますわからなくなってきたのだけど、つまりわたしがシュルヴィよりもちょっとお転婆《てんば》なところがあるのが気に入っているということ？

「それに、きみは私を特別扱いしないだろう？　王族だからといって、それだけで畏怖《いふ》することも尊敬することもない」

「礼儀が足りないということでしょうか……」

「いや。なんなら、もっと親しくしてくれてもかまわない。私は、エヴェリーナのくるくる変わる表情を見ているのが好きなんだ」

昔から嘘をつくのが苦手だった。もちろん、正直は美徳だ。だが、なんでも思ったことを口に出すべきではないというのも社会における暗黙の了解である。

頭ではわかっているため、声に出すことはしない。そこは良家の子女たるものの嗜みだ。それでも、表情に出てしまうのがエヴェリーナの悪癖《あくへき》なのだ。

――そんなわたしを、殿下は好ましいと思っていてくださったの？

自分の欠点を魅力だと言ってくれるライネに、心臓がどくんと大きな音を立てる。

彼はエヴェリーナを見つめて、幸せそうに頬を緩めた。

「そう、私の言葉に一喜一憂《いっきいちゆう》するきみは愛らしい。頬を薄く染めた表情も、無邪気に笑う顔も、そして嫌悪感を必死に隠すときの引きつった笑顔も、ときおり見せる私を心底嫌がるときの――」

「ま、待ってください！」

さすがに黙って聞いていられず、エヴェリーナはライネの前に手のひらを向ける。

「わたしの表情を好ましく思ってくださるのはその……ありがたい気持ちもあります。それに、良いときだけではなく悪いときを評価くださるのも伝わってきました。ですが……」

――笑顔を褒《ほ》めるときよりも、不愉快な表情を語るときに恍惚《こうこつ》となさるのはなぜ⁉

彼は、エヴェリーナが顔をしかめるのを見て、嬉しそうに頷いた。

「私は、きみが顔を歪《ゆが》めたときにこそ興奮する」

信じられない発言に、腰が引けそうになった。椅子に座っていたおかげで、彼の前で失礼な行動をとらずに済んだが、当然表情には表れてしまう。

ライネはといえば、なんとも堂々としたもので、明らかにおかしな性癖を暴露しておきながら寝台に上半身を起こして満足げな顔だ。

「………」

「すまない。わかりにくかっただろうか。つまり、きみが階段から落ちるときに怯《おび》えた顔や、私に婚約を迫られて片頬を引きつらせるときや、今のように理解したくないと感じる表情にこそ興奮するという意味だ。興奮というのは、この場合高揚とは似て非なるもので、いわゆる性的な意味での――」

「ぜんっぜん嬉しくありません‼」

相手が王子だということも忘れ、エヴェリーナは寝台の上に置かれたクッションを手に取り、反射的にライネに投げつけた。相手を問わず、貴族家の娘が取る行動ではない。

しかし、気づいたときには手遅れで。

ライネは笑顔のまま、投げつけられたクッションを抱きしめていた。

「私は嬉しいよ。きみの怒りの表情まで見せてもらった。これはもうご褒美としか思えない」

二十六歳の大人とは思えないような、夢見るまなざしで彼が言う。たとえばこれが、国の将来を語っている局面ならば、ライネはさぞ魅力的に見えただろう。

彼がご褒美と言っているのが、エヴェリーナの不愉快そうな顔だというのが問題だ。

「でしたら、ぜひシュルヴィにも同じ話をしてくださいませ！　彼女ならきっと殿下の風変わりなご趣味にもつきあってくれるんじゃありませんか？」

「ずいぶんつれないことを言う」

口ではそう言いながらも、ライネは今もまだ幸福を噛みしめる声音のままである。

いつも穏やかな笑みの下で、彼がこんなことを考えていただなんて誰も知らない。エヴェリーナだけではなく、国中の誰もがほんとうのライネのことなど知りはしない。

そこで、エヴェリーナはハッとした。

彼には、王子という役目がある。国王の息子として生まれたからには、本質を隠して王子然と振る舞わなければいけなかったのか。

「だが、考えてごらん。シュルヴィにもし私の性癖を告げたところで、彼女はきっとお人形のような笑顔で受け入れるだけだろう。そんなもので、私が満足できるとでも？」

「そっ……れは、その……」

言われてみればなるほど、妃の座を欲するシュルヴィならば、きっとライネがどのような性的嗜好《しこう》を持ち合わせていても受け入れる。あるいは、彼のために怒った顔や不機嫌な顔を作ってくれるかもしれないが、それは『愛らしいシュルヴィ嬢』の範囲内に留まるだろう。

「そして何より大事なことだが、私を昂《たか》ぶらせる女性はエヴェリーナ、きみひとりだ」

「っっっ……！」

たとえいかなる変態性癖を暴露されたあとであっても、ライネの美しさになんら変わりはない。そして、真摯《しんし》なまなざしからはたしかな執着が感じられる。その内容はともかく。

「なぜ顔をそむけるんだい。私は、きみがどんなに呆《ほう》けた顔でも見ていたい。私を蔑《さげす》んでくれてもかまわないくらいだ。ああ、それとも愛の告白に心を震わせてくれているのか」

「違います‼」

眉間にぐっと力を込めて、エヴェリーナはライネを睨《にら》みつけた。それでも、頬が赤らんでしまうのは隠しきれない。

——ひどいことを言われているのに、どうしてわたしの心臓は高鳴ってしまうの？　こんなのが愛の告白だなんて、冗談ではないわ！

かつて人魚と王子だったふたりは、儚く消えゆく美しい恋に身を投じた。王子は人魚の真実を知らなかったかもしれないが、少なくとも人魚にとってそれは生涯たった一度の恋だった。

——それが、生まれ変わったらこんなヘンタイになってしまうだなんてひどいわ、神さま！

だがもし。

もしも、彼が前世からずっとこういう嗜好を持ち合わせていたのだとしたら。

何も知らずに海の泡となった人魚は、幸せだったのかもしれない。

「……なんだっていい」

ライネは黙り込んだエヴェリーナの手をとり、そっと指先に唇をあてがった。

触れた肌が、じんとせつなくなる。この感情を教えてくれたのは、ほかでもないライネだ。彼に触れられると肌はせつなさに震え、心は壊れてしまいそうなほどぎゅっと締めつけられる。

「エヴェリーナを望む理由がきみの魂だろうと眉間のしわだろうと、ほんとうはなんだっていい。ただ、きみにそばにいてほしい」

「殿下……」

「愛しているよ、エヴェリーナ。ずっと昔から、きみを愛していた。これからも変わらず愛していくと誓おう」

エヴェリーナは、何も言えずにうつむいた。

早鐘を打つ心臓は、エヴェリーナのもの。けれど、彼に惹かれるのはほんとうに自分なのか。それとも前世の記憶のせいなのか。

――何より、殿下がわたしを気に入ってくださるのは、思い出していないにしても前世のせいではないの……？

・・・・・|・・・・・・・・・・|・・・・・・

「まったく、面倒な王子さまよね、アナタって」

野太い声が、不似合いな女言葉を使う。

不機嫌な表情で、ライネは声の主を睨《ね》めつけた。

「私が面倒だろうと、おまえには関係ない。それに、おまえが興味を持っているのは私の内面ではなく、この姿かたちだけなのだろう？」

寝台に片膝を立てて座り、ゆらりと揺れる手燭《てしょく》の火に視線を向ける。黒尽《ず》くめの楽師――いや、今は魔法使いと呼ぶべきか。マリッカは、フードの下からあやしげな笑い声を漏らした。

「いやぁね、美しい顔だけではなく内面にだって興味津々よ？　なんといっても、前世でのアナタの過《あやま》ちったらすごかったもの。愛した女を身投げさせて、偽物の恩人と結婚するだなんてなかなかできることじゃないわぁ」

揶揄《やゆ》か、嫌味《いやみ》か。どちらにせよ、女言葉の魔法使いは人間とは異なる精神を持ち合わせているらしい。

「それに、アタシはタダじゃ仕事をしないの。約束したでしょう？　アナタのために大魔法を発動させたら、そのときには必ず美しい左目をちょうだいするわ。海乙女から声をもらったように、アナタからは瞳をもらう。そうして、魔女はまた何百年も生き続けるのよ」

「……約束は果たす。それよりも、エヴェリーナが宮殿から逃げ出そうとしたときには、手を貸してくれるという話だったはずだが」

「そうね、そのときにはこの小瓶でも与えてあげましょうか」

歌うように節をつけ、マリッカがくるりと右手を回して見せる。すると、先ほどまで何も持っていなかった手の中に、小さな硝子《がらす》の瓶が現れた。中には液体が入っている。

「それは？」

「恋のおくすりよ。アナタが飲んでもおひいさまが飲んでも、ヤることは同じかしらね。そうだわ！　どうせなら、どちらに飲ませるか、おひいさまに選ばせましょう。ああ、我ながらいい考えだわ。ゾクゾクしちゃう！」

「待て、あやしげな薬でエヴェリーナに何かあったときには承知しないぞ」

「いやぁね、魔女の作る薬はいつだって効果抜群と決まっているものよ」

「……おまえは、魔女という概念を覆《くつがえ》しそうな存在だろうに」

「心がオンナなのよ、アタシは！」

失礼しちゃう、なんて言いながら、マリッカがふう、と手燭を吹き消した。暗闇《くらやみ》に満たされた寝室から、一瞬でマリッカの気配が消える。

残されたのは、ライネひとり。

次第に暗がりに目が慣れてきて、彼は寝台脇にある水差しから直接水を飲んだ。顎からしずくが喉へと伝う。寝間着の襟元《えりもと》が濡れたが、気にならなかった。

——体の奥が灼《や》けるように熱い。エヴェリーナ、私がどれだけ長い時間、後悔しつづけているかきみは知らない……

知らないままでいてほしいと思う。彼女の恩義に報いることもできず、別の女性を娶《めと》った前世の自分。その罪深さを、今もまだライネは抱えて生きている。

「……きみは、あのころとは別の人間だ。だが、どちらも愛しい私の姫であることに違いはない」

かつての彼女は、今にも消えてしまいそうな儚い少女だった。今のエヴェリーナは、外見こそ似ているものの、強い生命力を感じさせる。その光が、ライネを惹きつけて離さない。

手折《たお》ってしまえば、彼女は自分のものになるのだろうか。それとも、純潔を奪うくらいではあのまっすぐな心は折れたりしないのか。美しい彼女を組み敷くことを想像するだけで、ライネは下腹部に血液が集まっていくのを感じる。

「早く、私のものになってしまえ、エヴェリーナ。私しか見えなくなってしまえばいい。ほかの誰も、その青い瞳に映さないでくれ」

両手で顔を覆い、ライネは引きつった笑い声をあげた。長く長く狂おしい彼の夜は、まだ明けない。

・・・・・┃・・・・・・・・・┃・・・・・

ライネの怪我は日に日に回復し、昨日には包帯がとれた。今日は朝から寝室に書類を運ばせ、休んでいた間の遅れを取り戻すべく働いているようだ。

「あの、わたしはそろそろ……」

「いけません。エヴェリーナさまを帰しては、わたくしどもが殿下に叱責されます」

エヴェリーナをそばに置いておけないとわかると、ライネは侍女長を手配した。なんのことはない、エヴェリーナの見張りである。

昨日の時点で、エヴェリーナはライネに屋敷へ帰ることを申し出た。もともと、こちらの都合で滞在させてもらっていたのだから、彼の怪我が癒《い》えたあとに残る理由はない。

ところが事態は一転、ライネは笑顔で「それはできない相談だ」と言ってのけた。そこからは、エヴェリーナが少しでも居室から廊下に出ようものなら、侍女たちがわらわらと群がってくる。今日は朝から前述の侍女長が居室の中で、あれこれと世話を焼いてくれていた。

さすがは宮殿に長く勤める侍女長だけあって、彼女の仕事は手際が良い。紅茶も香り高く、寝台の敷布は芸術的なまでにぴんと張られている。

「っっ……！　では、中庭を散策に行くくらいならいいかしら。いくらなんでも、ずっと室内に閉じこもっていては、息が詰まりますものね！」

半ば嫌味まじりにそう言うと、これまた準備万全、侍女長はいつの間に用意したの日除《ひよ》けのレースのケープをエヴェリーナの肩に羽織らせてくれる。まったくもって、いたれりつくせりである。

宮殿には、七つの中庭があった。そのうち、海中庭園は以前ライネから説明を受けている。

エヴェリーナは侍女長のすすめもあり、薔香庭園《しょうきょう》へ行くことにした。

その名のとおり、薔薇を主に配置した庭園は、中央に小さな噴水をあしらった造りになっている。この庭園は、王が亡くなった王妃を偲《しの》んで作らせたものだと聞く。つまり、ライネの母が薔薇をこよなく愛する女性だったそうだ。

エヴェリーナが生まれたころには、王は二番目の妃を迎えていたため、王妃がライネの母でないことを知ったのは、十歳を過ぎてからだったように思う。彼は五歳で生母を亡くしていた。

回廊にほど近い四阿《あずまや》に腰を下ろし、エヴェリーナは薔香庭園をぐるりと見回す。宮殿の中庭にしてはこぢんまりとしており、手入れがしっかりと行き届いている。王が、亡き先妃を愛していたのが伝わってくる気がした。

『愛しているよ、エヴェリーナ』

ふいに、ライネの声が脳裏に蘇る。父王と同じく、彼もまた妻を大切にするに違いない。

――今のわたしは、もうただの人間だわ。ならば、殿下と結婚したところで問題はない……はずだけど……。

以前は、絶対にライネと結婚なんて考えられなかったのに、彼との距離が縮まるにつれて次第に心が揺らいでいく。近づけば近づくほどに、彼は遠巻きに見ていたときとは違う、生身の人間なのだと思えるようになった。

彼の趣味が少しばかりズレていることも、それを隠すでもなく堂々とエヴェリーナに明かしてしまうことも、偽《いつわ》りではないほんとうの姿を晒《さら》してくれているのだと前向きにとらえてしまうだなんて、いったい自分はどうしてしまったのだろう。

「っっ……、駄目だわ。わたし、殿下と結婚なんて……」

「誰が、誰と結婚ですって？」

回廊側から声がして、エヴェリーナはそちらに顔を向ける。そこに立っていたのは、銀色の髪の可憐《かれん》な少女――シュルヴィ・サザルガだ。

「まあ、シュルヴィ、ごきげんよう」

「エヴェリーナ、ごきげん麗《うるわ》しゅう。ずいぶんと長く宮殿に逗留《とうりゅう》していると聞いたけれど、何かお屋敷に帰りたくないご事情でもあって？」

瞳と同じ紫色のドレスをまとい、シュルヴィが絵画から抜け出てきたような美少女然とした笑みで問いかけてくる。しかし、エヴェリーナにはわかっていた。シュルヴィが本心から微笑んでなどいない、と。

「別に屋敷に問題はないわ。ただ、わたしのせいで殿下にお怪我を負わせてしまったものだから、少しでもお世話をさせていただこうと滞在を許可していただいたの」

「あら、そうだったの。わたくしは、もしやエヴェリーナが殿下に取り入るために無理を言って宮殿に居座っているのではないかと心配していたのよ」

――ていうか、別にわたしは殿下と結婚なんて望んでいないわ！

言い返したい気持ちを、すんでのところでこらえきる。なにせ、エヴェリーナが望んでいなかろうと、それを口にすることは婚約者候補としてふさわしい振る舞いではないのだ。

「ご心配をおかけしてしまったみたいね。でも、わたしは決してシュルヴィを出し抜こうなんてつもりはなかったの」

「お父上の差し金かしら？　レミネン侯爵は、筋肉だけが取り柄だと聞いていたけれど、なかなか策士でいらっしゃるのね」

「父は何も関係ないわ！」

シュルヴィの父であるサザルガ侯爵と、エヴェリーナの父、レミネン侯爵は犬猿の仲だ。それは社交界でも誰もが知る公然の事実である。

たしかに父はサザルガ侯爵にライバル心を持っているけれど、だからといって狡猾《こうかつ》な手段を選ぶ人ではない。それどころか、真正面からぶつかっていけと胸を張る人物だ。

「まあ、怖い。そんなに大きな声を出されるなんて、騎士団長のお父上に似たのかしら」

「……あなた、自分がどんなに下品なことを言っているかわかっているの？」

たとえ声も体も大きく、無骨《ぶこつ》で力任せなところがあろうと、エヴェリーナにとっては大切な父親である。

父を侮辱されて黙っているのを美徳とする教育など、受けていない。

「もちろんわかっているわ。殿下にふさわしいのはこのわたくし！　生まれたときから、殿下と結婚するよう言われて育ったのよ。あなたみたいな品もなければ教養もない人間と比較されるなんて、サザルガ侯爵家の名誉にかかわるわ！」

ぷい、と顔をそむけると、シュルヴィは振り向くことなく回廊を歩いていく。背後に控えていたサザルガ家の侍女たちが、慌ててそのあとを追いかけた。

おそらくは、ライネの包帯がとれたことで見舞いに来たのだろう。エヴェリーナが宮殿に滞在していることも、聞いて知っていたに違いない。

「…………結婚なんて、したい人がすればいいのよ」

残されたエヴェリーナは、小さくひとりごちた。

ライネとの結婚を夢見たことなど一度もない。それどころか、破談になることをずっと願ってきたのだ。

シュルヴィが選ばれればいいとさえ思ったし、ライネに直にそう言ったこともある。

――だけど、どうしてなの？　殿下がシュルヴィと幸せそうに並んでいる姿を想像すると、胸が痛いわ。

エヴェリーナは、その理由をシュルヴィに父を侮辱されたからだと言い聞かせた。

心が揺らいでいることに、まだ気づきたくはなかったから。


中庭から居室へ戻る途中で、楽師の一団が歩いてくるのを見かけた。侍女長が止めるのを無視して、エヴェリーナは彼らに話しかける。

「ごきげんよう、楽師の皆さま」

その中に、以前マリッカと会ったときに見た顔がある。

「今日は、マリッカはどちらに？」

「マリッカでしたら、西棟の練習室にいるかと存じます」

「西棟……どう行くのか教えてくださる？」

侍女長は渋い顔をしていたものの、楽師とは古いつきあいだというと、西棟へ同行してくれることになった。

練習室からは、弦楽器の低い音が響く。さすがに居室と違い、侍女長は廊下で待っていてくれるという。

「マリッカ、こんにちは」

「あら、おひいさまじゃないの」

身の丈ほどもありそうな、大きな弦楽器を構えていたマリッカが、立ち上がる。

「時間がないの。あなたにお願いがあって来たのよ」

「お願い？　今度はその二本の脚を、美しい尾ひれに変えたくなったのかしら」

「そうじゃないわ。わたし、どうしても婚約者候補からはずれたいの！」

ほんとうは、もうわかっている。たとえライネと結婚したところで、ふたりを阻む者はいないはずだ。だから、前世のように命を落とすことにはならない。

その反面、エヴェリーナはライネに心惹かれていく自分が恐ろしかった。愛する人を自らの手で殺すことを考えた前世の自分。もう二度と、あんなつらい想いはしたくない。

――だって、きっとまたわたしは同じことをしてしまう。わたしか殿下か、どちらかを殺さなければいけないとなったとき、きっと自分の死を選んでしまうのだわ。

たとえライネが変態王子であろうと、その決断に変わりはない。

「婚約者候補からはずれたいのなら、そう言えばいいじゃないの。こんなところで言っても、美しい楽師兼魔女しか聞いていないわよ？」

「……穏便に済ませたいからあなたに頼んでいるの。わたしがおかしなことをして、両親が後ろ指を指されることになるのは御免《ごめん》だわ」

「アナタって、いつも自分のことが後回しなのね。そういうところ、変わってないみたい」

ふふっと笑ったマリッカが、握った右手を差し出してくる。

「え……？」

「手を出してごらんなさい。今回だけは特別よ。対価ナシで、いいものをあげる」

おそるおそる手を上向けて伸ばすと、エヴェリーナの手のひらに硝子の小瓶が落とされた。

「これを、殿下に飲ませるか、アナタが飲むかすることね。対価ナシでいいと言ったのは、この薬にはちょっと面倒な副作用が伴うかもしれないからよ」

「副作用……？」

「でも、おそらくはアナタの望んだ結果が得られるでしょうね。アタシは優秀な魔女だと、アナタだって知っているでしょう？」

エヴェリーナは、手のひらの小瓶を見つめて奥歯を噛みしめる。マリッカの言うことに間違いはない。彼は、かつても約束を違《たが》えたりはしなかった。素晴らしい効能と、必要な対価。それが魔法使いとの契約のはずだが――

「ただし、必ずふたりきりのときに飲むこと。時刻は夜のほうが効果覿面《こうかてきめん》ね」

「わかったわ。あなたを信じます」

握りしめた薬瓶を掲げて、エヴェリーナは気合いじゅうぶんに顔を上げる。

「目指せ、婚約者候補からの脱落！」

その言葉を聞いて、マリッカが「情けない令嬢サマねえ」とため息をついた。誰にどう思われようと、エヴェリーナの気持ちは変わらない。

――わたしがこれ以上、前世の想いに引きずられる前に、決着をつけなくてはいけないわ。

彼を愛するのが怖い。

彼が愛してくれるのが、怖い。

エヴェリーナは不安を打ち消すように、小瓶をぎゅっと握りしめた。

・・・・・|・・・・・ ・・・・・|・・・・・

――どちらかが、この薬を飲めば……

カーテンの開いたままの居室で、エヴェリーナはドレスに隠した小瓶を、指で確かめる。

この縁談から逃れることができる――マリッカは、そういう効果のある薬をわたしてくれたはずだ。

具体的にどのような効果が得られるのかは聞いていない。副作用があるかもしれないとも言われている。

それでも、エヴェリーナは薬を使わなければいけない、と思った。

死にたくないから彼との婚約を避けたい気持ちより、彼を殺すことを考える状況に二度と陥りたくない気持ちのほうが大きくなっている。

その理由は、考えてはいけない。考えたくない。気づいたところで、その想いが報いられることはないのだから。

「今日はずいぶんと神妙な表情をしている。私が日中、公務で忙しかったことを拗《す》ねているのか？」

「いいえ、まったく、これっぽっちも！」

長椅子に座って向かい合い、ライネとエヴェリーナは眠る前のあたたかいお茶を飲んでいた。元ナニーの部屋に置かれた長椅子は、たいそう座り心地がいい。

東側の壁には作り付けの棚といくつかの燭台がかけられている。バルコニーに通じるアーチ型の窓からは、夜色の空が広がっているのが見えた。

「そういうすげない態度も素敵だ。せっかく包帯も取れたことだし、就寝前のキスをするとしよう」

「なっ……!?」

信じられない提案に、エヴェリーナは思わず素っ頓狂な声をあげる。令嬢にあるまじき振る舞いである。

「いけません、殿下」

「なぜだ。そのくらい、家族とだってするだろう？」

「それは……」

返答に詰まった隙をつくように、彼はさっと立ち上がってエヴェリーナの隣に座り直した。

「さあ、エヴェリーナ」

彼の顔が近づく。吸い込まれそうな深緑の瞳に、自分の姿が映し出されていた。

「で、殿下、落ち着いてください！」

「私が落ち着いていないように見えるとは、エヴェリーナはすごいな。たいていの人には、いつも落ち着いて見えるらしいのに」

その口調も声音も、常と変わらぬ美しい微笑も、ライネは完璧だ。完璧すぎるといってもいい。現に、落ち着いてと告げるエヴェリーナの声のほうが、よほど平静からほど遠い。慌てふためく自分を追い詰め、彼はなぜこんなにも平然としているのか。

「きみにだけは、ほんとうの私がわかる。そういうことだと思っていいだろうか？」

――いえ、それは気のせいです！

「その焦った表情も愛らしい……」

恍惚《こうこつ》の笑みを浮かべるライネを横に、エヴェリーナはドレスに隠したものに手を伸ばす。ハンカチに包んだそれは、マリッカから受け取った硝子の小瓶だ。

――どちらかが飲めばいい。マリッカはそう言っていたわ。

副作用があるかもしれないという点を考慮すれば、ライネに飲ませるのは気が引ける。いや、きっと副作用がなくとも彼に薬を盛ることはできなかった。

脳裏に、前世の姉たちの声が聞こえてくる。

『さあ、そのナイフであの王子の心臓を刺しておいで。そうしたら、また海の宮殿で一緒に暮らせるのだから――』

エヴェリーナは、黙って紅茶のカップの上で小瓶の蓋を開ける。その行動に、ライネが首を傾げた。

「エヴェリーナ、それは？」

「……幸せになるおまじないのようなものです」

幸せになるのは、自分なのか。それともライネなのか。

彼が今、自分に執着していることはわかる。あるいは恨まれる羽目になってもおかしくない。

——それでも、わたしは……

「では、きみのまじないをわたしにもかけてくれないか？」

何も知らないライネは、小瓶を持つ手をそっと指で撫でてきた。

「いいえ、殿下。これはわたしにしか効果のないものなのです。申し訳ありません」

嘘を苦手とするエヴェリーナの、一世一代の大嘘《おおうそ》。彼の目を見ないようにして、小さく息を吐く。

ティースプーンで琥珀《こはく》色の液体をくるりとひと混ぜすると、エヴェリーナは意を決してカップを口に運んだ。

魔法使いとしてのマリッカがどれほど優れているか、人魚ならば知らぬ者はいなかった。彼の作る薬は必ず望んだ効果を得られたし、どんな病気も怪我もたちどころに治してくれた。そのマリッカが作った薬ならば、結果は目に見えている。これを飲み干せば、もうエヴェリーナはライネの婚約者候補でなくなるはずだ。

——ほんの少し寂しく思うのは、きっと前世の恋の名残だからだいじょうぶ。わたしはだいじょうぶ。いつだって、願うのは彼の幸せだけだったわ。彼の……ライネ殿下の幸せを、今は心から願っているんですもの。

空《から》になったカップを戻すと、エヴェリーナはハンカチでそっと口元を拭った。

「ずいぶんと喉が渇いていたようだ。おかわりを持ってこさせたほうがいいだろうか？」

「ありがとうございます。ですが、もうじゅうぶんです。とてもおいしくいただきまし……——っ、え

「……？」

どくん、と体の奥で感じたことのない高鳴りを覚える。

それは腰の奥、下腹部から突き上げるようにエヴェリーナの体を揺さぶった。痛いほどの衝動と、得《え》も言われぬ陶酔感が、同時に体内を駆け巡っていく。

――どういうこと？　これが破談につながるというの？

急激に呼吸が乱れていく。浅い呼吸に、喉が焼けるように熱くなった。副作用があるとは聞いていたが、まさかこんなにすぐに症状が表れるだなんて。

「エヴェリーナ、どうした？　顔が赤い」

心配そうな声とともに、大きな手がそっと肩に触れる。その刹那――

「あ、ぁっ……ん！」

自分のものとは思えない、ひどくみだりがましい声が溢れ出た。

――こんな、マリッカはいったい何を……⁉

ライネの手で触れられただけで、肩が甘い疼きに震えてしまう。もっと彼のぬくもりを感じたくて、全身が総毛《そうけ》立つ。

「ふ、触れないで……くださ……」

「何を言っているんだ。こんなに息が苦しそうだというのに、放っておけるか」

そう言いながらも、彼の目は冷静だった。心配しているというより、事情のすべてを見透かしている――

そんな目をして、ライネがエヴェリーナを見つめている。

――まさか殿下とマリッカは……、いいえ、そんなことあるはずがないわ。だって、殿下には前世の記憶がないんですもの。

だが、記憶がなくともライネとマリッカが出会う機会はいくらでもある。宮殿で楽師として働くマリッカが、実は稀代《きたい》の魔法使いだと知れば、ライネがなんらかの方法で彼を懐柔していないとは限らなくて。

思考は千々《ちぢ》に乱れ、エヴェリーナはその先を考えられなくなる。そればかりか、呼吸するたびに胸が大きく上下し、ドレスの下のコルセットがきつく感じられた。

「息が苦しいのなら、少しドレスを緩めてはどうだ」

「だ、駄目……っ」

胸元のリボンに彼の指がかかりそうになった瞬間、体をよじってエヴェリーナはライネを拒絶する。

――信じたくないけれど、これはきっと媚薬《びやく》の類《たぐい》で間違いないわ。そうでなければ、わたしの体がこんなふうに……感じやすくなるだなんて！

先ほどからの自身の反応が、どういう衝動に基づくものか、エヴェリーナは理解していた。

ライネに触れられるだけで、甘えたような高い声が出てしまう。肌は鋭敏になり、わずかな刺激をも貪欲に感じ取る。

副作用が媚薬効果なのか、媚薬効果に別の副作用があるのか。そんなこと、今は考える余裕もない。

「さ、さわらな……で……」

涙目で懇願するエヴェリーナに、ライネがごくりと唾《つば》を飲むのがわかった。

「……きみの表情はすべて、ひとつも見逃すまいと決めている。だが、こんな顔を見るのは初めてだ。エヴェリーナ、今のきみは初めての快感に打ち震えているように見える」

「違います、わ、わたし、そんな……やぁっ、ん！」

必死に否定しても、ライネの指先が首をなぞるだけでビクンと体が大きく震える。細い声に、わななく唇。

「先ほどの小瓶に入っていたのは、幸せになるためのおまじないだと言っていたな。では、きみは私にその姿を見せることを自分で選んだのだと思っていいか……？」

――わたしはただ、婚約者候補から脱落したかっただけなのに！

「ぁ……ぁ、あっ、ちが……ん、はぁ……っ」

「ありがとう、愛しい私の婚約者候補どの」

ライネは、一度は拒まれた手を再度リボンに伸ばしてくる。もう、エヴェリーナには抵抗する力すら残っていなかった。

しゅるりとドレスのリボンがほどかれて襟元が急に寂しくなる。あとは、ライネのなすがままだった――

「急におまじないだなんて言い出すから、何かと思ったらこういうことだったとはね」

小刻みに震えるエヴェリーナの内腿《うちもも》をそっと撫でて、ライネが甘い笑みをにじませる。

「や……っ、さ、さわられると、ヘンな感じが……っ」

「当然だ。きみは、催淫効果のあるものを口にしたのだろう。そうでなければ、純潔のはずのエヴェリーナが、下着をこんなに濡らすはずがない」

長椅子に脚を大きく開かれた格好で背をもたせ、エヴェリーナは両手で彼の肩をつかんだ。自分では、抗《あらが》うつもりで伸ばした手だ。それなのに、気づけばライネの与える快楽に酔いしれて、フロックコートの肩に爪を食い込ませている。

膨らんだスカートの下、パニエもめくり上げられた格好だというのに、脚を閉じることさえできない。開いた両脚の間に、ライネがいる。下着まで見える距離で、エヴェリーナの恥ずかしいところを見ている――

「お願い……っ、ひとりにしてください。わたし、こんな……」

「ひとりにしたら、きみはどうするんだ？　自分でここを慰めるのかい？」

ぐっしょりと濡れた下着越しに、ライネが人差し指で陰部を撫でる。他人はもちろん、自分でもほとんどさわったことのない場所だ。エヴェリーナは、ひと撫でで激しく腰を震わせた。

「……っは、ぁ、ああっ……」

「なるほど、布越しでも感じられるほど敏感になっているようだ。私がきみを慰める。異論はないな？」

渾身《こんしん》の力を込めて、エヴェリーナは首を横に振る。こんなふうになったのも初めてだというのに、ライネに慰められるだなんて想像するだけで頭がおかしくなる。

「放っておいて……！　お願い、お願いですから……っ」

「甘い香りで私を誘ったのはきみだろう？」

いつもの笑みはなく、彼は熱情に浮かされた瞳でエヴェリーナを見つめていた。

逃げを打とうと揺らした腰から、するりと下着が剥《は》ぎ取られる。閉じようとした脚をぐいと開かれ、令嬢らしからぬ格好に羞恥で体がこわばった。

異性の――それも、ライネの前で秘めた部分を晒しているのだ。それでも無垢な体は、脚を開いても亀裂がぴたりと閉じ合わされている。

「くそっ、手袋は邪魔だ」

ライネは荒々しく白手袋を脱ぎ、長椅子の下に放り投げた。手入れの行き届いた長い指が、ゆっくりとエヴェリーナの秘所を左右に割る。

「ああっ……いや、いやぁ、見ないで……っ」

「こんなに濡れていては、指がすべってしまうな」

ふっと息を吐き、次の瞬間、ライネは押し開いた柔肉の間《あわい》に顔をうずめた。

「っっ……！　ひ、ぁ、ああっ、あああんっ！」

やわらかな唇が、蜜口にくちづける。最初は優しく触れるように、次第にちろちろと舌先でエヴェリーナの形をなぞりはじめた。

「駄目、そんなところ、お願いですから……っ」

「いい子にしておいで。そうでないと、欲望のままにきみを抱いてしまうかもしれない」

「や……っ……」

ライネの言う抱くという意味が、単なる抱擁でないことはエヴェリーナにもわかる。男性が女性を抱くというのは、すなわちそういう意味なのだ。

「わ、わたし、そんなこと……」

「わかっている。きみの純潔を奪うような真似《まね》はしない。体をつなげずとも、満足させてあげよう」

舌先が亀裂をつうと舐《な》め上げ、鼠径《そけい》部にもっとも近づいたところで、これまで感じたことのない激しい刺激に腰が跳ねる。

「っっ……、ぁ、あっ……‼」

「ああ、とても愛らしい。つぶらな花芽がぷっくりと膨らんでいる」

包皮に包まれた敏感な粒を、ライネは丁寧に舌で愛でる。舌先でつつかれると、得も言われぬ衝動が全身に広がった。

痛いほどに感じやすい花芽は、幾度か舐められているうちに、ぷるんとその身をあらわにする。

「むき出しになってしまったな」

「も……やめて……」

「怖がらなくていい。私はきみを満足させたいだけだ」

すぼめた唇で、ライネは花芽にキスをした。しっとりと吸い付く感覚に、体がさらなる快楽を欲する。それは、予感に似ていた。この快感を追いかけていけば、その先に求める何かがある。経験はなくとも、エヴェリーナの体が本能的に女の悦《よろこ》びを求めていた。

「かわいいエヴェリーナ。私だけのために、たっぷりと淫らなダンスを踊ってくれ」

ねっとりと熱い舌先が、何度も何度も亀裂を往復する。そのたび、エヴェリーナの体から、甘い蜜が滴り落ちていく。

「ぁあ、あ、もう……っ」

「ここがいいのだろう? このぽちりと愛らしい粒を舐めると、きみの腰がいやらしく跳ね上がる」

「やめ……っ……、ぁ、ああ、殿下、いやぁ……っ」

「嫌なのか? だが、先ほどからずいぶんな量の蜜を溢れさせているぞ。こうして、浅瀬に指を入れて――」

何も知らない無垢な蜜口に、ライネの指がにゅぷりと入り込んできた。彼は中指をエヴェリーナの中に突き立てて、上部を指腹でなぞった。

「ああっ……! や、やだ、そこいやっ……」

「なんと見事なことか。きみの内側から押してやると、この可憐な粒がいっそう突き出してくるではないか」

括《くび》りだされたように屹立した花芽を、ライネは嬉しそうに舐めている。子猫がミルクを飲むように、舌先で突起をぴちゃぴちゃと舐められて、エヴェリーナはたまらず白い喉をそらした。

「ああ、あ、おかしく……なっ……ぁ、ああっ」

「おかしくなる姿も、私だけに見せてごらん。エヴェリーナ、遠慮しなくていい。何度でもその声を聞かせてくれ」

二度も達したあとだというのに、体の疼きがおさまらない。それどころか、ライネに舐《ねぶ》られるほど花芽はせつなく充血していた。

淫靡《いんび》な舌先が、つんと敏感な突起をつつく。形を確認するように円周をたどっては、ライネが熱い息を吐く。

「ひぅ……っ、ん、んーっ！」

かすめる吐息だけでも、今のエヴェリーナには弾けるほどの快感を呼び覚ました。

抵抗しなければいけない。こんなことを受け入れてはいけない。

そう思うのに、体は何度果てても次の悦楽を待ち望んでいる。

「エヴェリーナ、もう覚えてしまったよ。きみはここを吸われるとすぐに達してしまう。そうだな？」

「ああ、あ、そこは……っ、んんっ……！」

形良い唇をすぼめて、ライネが花芽にちゅうと吸い付く。やわらかな唇の感触に、エヴェリーナは目を瞠って天井を仰いだ。

「っっ……あ、ああ、あ、駄目ぇ……っ、おかしくなる、おかしくなっちゃう！　そこ、もう吸わないで、お願い……っ」

「だが、吸ってやると嬉しそうに蜜を溢れさせているぞ」

「違……っ、わたし、そんな、あ、あっ、ぁ、ああ……！」

意思に反して、腰が勝手に浮いてしまう。ライネの唇に自分から腰を押し付けて、エヴェリーナはビクビクと体を震わせた。

「なんと敏感な体だろう。また達してくれたのだな」

「は……ぁっ……、殿下、もうお許しを……」

甘い責め苦に喘ぎながら、エヴェリーナは涙に濡れた瞳でライネに懇願する。

「そんなせつなげな声で頼まれると、断るのは心苦しい」

「では……」

やめてくれるのか。そう思った矢先、彼はうんざりするほど美しい笑顔で、続けて言った。

「きみが私の妻になると誓ってくれるなら、今すぐに愛撫《あいぶ》をやめてエヴェリーナの純潔を奪おう」

「そっ、んな……！　あんまりです。そんなこと……あ、あ、ああっ……！」

是と答えないエヴェリーナに、ライネはそれまでより激しく舌先を動かす。

淫靡な夜の香りに包まれて、エヴェリーナは長椅子で四度目の果てを迎えた——

・……・……▌……・……▌……・

目覚めると、体中がひどくだるいことに気づく。

——わたし、どうして……？

「起きたのかい、エヴェリーナ」

「っっ……⁉」

耳元で聞こえる声に、エヴェリーナは大きく肩を震わせた。

「……で、んか……」

「おはよう。昨晩のきみは、どんな言葉でも表せないほどに美しかった。愛しかった。そして、どうしようもないほどに淫らだったよ」

ライネはまだ夢の中にいるような口調でそう言って、エヴェリーナの耳朶にキスすると幸せそうに微笑む。

逃げるために、マリッカに頼んだ薬のはずが、どうしてこうなったのだろうか。

――に、逃げられる気がしない……‼

ぎゅっと抱きしめられて、エヴェリーナはライネの寝台で一緒に眠っていたらしい。

「どこにも行かせない……私だけの……」

「殿下……」

今だけは。

エヴェリーナは、伏せたライネの長い睫毛を見つめつつ、彼の胸に頬を寄せた。

――今だけは、逃げられない婚約者候補でいさせてください。寝台から起きたら、もう昨晩までのふたりのままではいられないんです……

体を馴染ませられて、気づきたくなかった想いを実感してしまったのだ。

彼に幸せになってほしい理由。それはひとえに、エヴェリーナがライネを愛しているからなのだ、と――

第三章　令嬢は船上で愛される

「おかえりなさいませ、エヴェリーナさま」

生まれ育ったレミネン侯爵邸に、久々に帰ってきたその日、エヴェリーナはずらりと並んだ使用人たちを前に目を瞠った。

「え、あの、ただいま。どうしたの、みんな……？」

ライネの傷も完治し、やっと宮殿から外に出られたのだ。自室でのんびりしようと思っていた矢先に、大仰すぎる出迎えである。何か起こったのではないかと不安になっても仕方ない。

「どうしたもこうしたもあるか！　かわいい娘が殿下の婚約者候補として、一歩も二歩も先手を打った。これを喜ばない親がどこにいる！　使用人たちも総出で祝ってくれているぞ」

胴間声《どうまごえ》を響かせて父がエヴェリーナに近づいてくる。これは、逃げないと背中を思い切りバンバン叩かれそうだ。

――そういう理由で、我が家の使用人がみんな並んでわたしの帰宅を待っていてくれたのね……

もちろん、エヴェリーナとしては婚約者候補として先んじたい気持ちはない。彼を好きだと気づいても、考えが変わったわけではないのだ。

――ただ少し、ほかの誰かと幸せになる姿を見るのはつらいかしら。

「あなた、そんな言い方をしてはエヴェリーナが誤解しますよ」

「何？　誤解だと？」

「ええ。相手が殿下だから嬉しいわけではないでしょう？　エヴェリーナが幸せになれるなら、それが何よりの望みですものね」

「もちろんだ。それのどこが誤解なのかわからんな」

両親の会話に、なんだか妙にほっとする。

「お父さま、お母さま、ずいぶん家を空けてしまってごめんなさい。殿下のお怪我も無事に完治しました」

「おかえりなさい、エヴェリーナ。あなたの好きなペカンナッツのケーキを焼いてもらったの。着替えを終えたらお茶にしましょう」

「わあ、ありがとう、お母さま」

居室へ戻り、侍女たちに荷物の片付けを任せる。必要なものを都度、宮殿まで運んでもらっているうちに、けっこうな大荷物になっていたようだ。

自分の部屋へ足を踏み入れて、懐かしい気持ちになるのは生まれて初めてのことだった。エヴェリーナはお気に入りのロッキングチェアに座り、大きく息を吐く。

――殿下のことを好きにならないように気をつけていたのに、恋というのはほんとうにままならないものね。

前世の自分は、恋愛がどんなものかも知らないまま、王子にひと目で恋をした。それに比べれば、今は知識がある。同時に、過去の失敗を繰り返すまいという心構えもあった。

それなのに。

近くにいて、彼を知れば知るほど心は引き寄せられていった。たとえライネが少々おかしな趣味を持ち合わせていても、それすら愛しいだなんて思うようになってしまった。

運命というのは、げに恐ろしいものである。

――好きになんかなりたくない。だって、もしまた彼か自分かの命を差し出さなければいけないときがきたら、わたしはきっと同じことをしてしまう。

マリッカの薬だってそうだ。副作用を懸念し、ライネに飲ませることはできなかった。そもそも、あの小瓶に入っていた薬は破談につながるものではなかったけれど。

――だけど、殿下にあの薬を盛っていたらどうなっていたの？

彼が獣化《けだもの》して、エヴェリーナに襲いかかってきた場合のことを想像し、思わずぶんぶんと首を左右に振る。

そんなことになったら、間違いなくライネは責任をとって結婚すると言い出しかねない。

――結局のところ、わたしはどうしたいのかしら。

婚約候補からの脱落を試みたはずが、マリッカの薬はその意味をなさなかった。それどころか、ライネの前で痴態を晒し、彼に甘く慰められてしまった。嫁入り前の娘があんなはしたなく喘ぐだなんて、おおよそ許されることではない。まして、エヴェリーナは侯爵の娘なのだ。純潔のまま嫁ぐことは当然とされ、少しでも家のためになる相手と結婚することが親孝行。

あのあと、マリッカに文句を言おうと彼を探したが、相手もわかっていて避けているのか顔を見ることはなかった。

「エヴェリーナさま、奥さまがお茶の準備ができたとお呼びでございます」

「ありがとう、メルヤ」

急いで着替えをし、エヴェリーナはペカンナッツのケーキを楽しみにティールームへ向かった。


レ・クセル宮殿の豪華さに比ぶるべくもないが、レミネン侯爵邸も国内で指折りの豪邸だ。しばし離れていた間に、ティールームから見える花の色が変わっている。エヴェリーナは、それを楽しみながら母の用意してくれたケーキに舌鼓《したつづみ》を打つ。

「そういえば、来週にも仕立て屋のガードナーが屋敷に来ますからね。エヴェリーナも、どんなドレスがいいか考えておくのよ」

「ドレスなら、たくさんあるわ。誕生会も終わったし、新調する予定はなかったはずでしょう?」

母は、エヴェリーナの言葉にふわりと微笑んだ。いくつになっても少女のようでありながら、母として子どもたちを守る姿は、実母であっても憧れる。

「そうはいっても、船上舞踏会が催されるのに最新のドレスでなくては殿下ががっかりされるかもしれなくてよ」

「……船上舞踏会って、なあに？」

エヴェリーナは思わず眉をひそめた。そんな催しがあるだなんて、聞いていない。

「まあ、エヴェリーナったら。船上舞踏会というのは、客船の上で舞踏会を行うことでしょうに」

「それは知っているわ！」

「王室主催の船上舞踏会で、殿下が婚約者を正式に発表なさるの。あなたが参加しないわけにはいかないものね」

すっかりエヴェリーナが婚約者に選ばれると思っているらしい母は、側仕えの侍女に最近の流行について話しかけている。

――船上舞踏会で、婚約発表……!?

普通の娘たちならば、憧れてやまない舞台に違いない。けれど、エヴェリーナにはなんとも不吉な予感がつきまとう。

前世で、初めて彼と出会ったのは嵐の夜。王子の乗っていた客船が難破し、暗い海に沈みかけた彼を助けたのがきっかけだった。

そして、人魚の最期は王子の結婚式翌朝、祝宴を行った客船から海へ飛び込んだ。

王子との始まりも終わりも船だったことを考えると、ひどく不安が募《つの》る。

「……お母さま、わたし、船は苦手だわ」

「だいじょうぶよ。王室の所有する、豪勢な客船ですもの。怖がることはありませんん」

――そういうことではないの！

そして、婚約者が発表されるということは、エヴェリーナがこの縁談から逃げられない可能性が高い。無論、第一王子の結婚相手はライネの一存で決められるものではない。王、王妃、その他重臣たちが検討した上で、シュルヴィかエヴェリーナが選ばれるのだろう。

大好きなペカンナッツのケーキを前に、エヴェリーナはフォークを手にしたまま、胃痛を覚えた。

――選ばれたくない。だけど、シュルヴィと殿下が幸せそうに微笑みあう姿を見るのもつらい。ああ、だけどわたしが殿下と結婚なんて、それはきっといけないことだわ。

悲劇的な恋の終わりが、エヴェリーナの心には深く刻まれている。それほどまでに、人魚は王子を愛していたのだ。

そしてまた、エヴェリーナもライネを愛しはじめている。このまま心に従って進んでいけば、前世と同じ悲劇が繰り返されるのではないだろうか。

――わたしは、あの人を不幸になんてしたくないのに……！

・・・・・・・・・・・・・・・・・

船上舞踏会は、王室の所有する客船テッレルヴォ号で開催されることが発表された。テッレルヴォとは、現王の祖母にあたるかつての女王の名前である。

島の東側には、王族が使用する別荘地があり、今回の船上舞踏会はそこから周遊に出るそうだ。

エヴェリーナが船上舞踏会について調べていたのは、何も舞踏会をすっぽかそうとしてのことではない。宮殿で楽師として働くマリッカは、船上舞踏会の楽隊に参加しているはずだと見当をつけたからだ。

調べているとは言っても、レミネン侯爵家の令嬢が自ら足を使って情報を得ることはできない。実際には、家令に命じて人を雇い、マリッカの動向を探ってもらった。その結果、今日の昼過ぎから、マリッカが船内での演奏準備に参加することが判明している。

——あの薬はどういうつもりだったのか、きちんと説明してもらうわ。それに、マリッカなら今からでも婚約について打つ手があるかもしれないもの。

ライネへの気持ちを自覚してしまった今、エヴェリーナの胸中は複雑だ。

ずっと、彼を好きになってはいけないと自分に言い聞かせてきた。それは、ある意味で言葉の呪いである。前世の記憶を取り戻す以前は、ライネのことを無意識に遠ざけていた。記憶を取り戻した以降は、自分が長生きするためだとか、彼を殺さなければいけない状況に陥りたくないだとか、なんだかんだと理由を並べた。

だが、どの道を通っても結論はいつも同じ。なぜなら、前世からずっと想ってきた人がそばにいるのだ。彼を好きにならないよう気をつけるには、もうとっくに遅きに失するというものだ。

最初から、エヴェリーナはライネを好きだった。それを自分の内側に封じるための鍵をいくつもかけて、心に気づかないようにして生きてきた。

——だけど今は、殿下を好きだから、彼に幸せになってほしいと思う。もう二度と、間違った道を歩きたくないわ。

別々の道を歩むことになろうと、お互いに幸せでありたい。そう思う反面、ライネとずっと一緒にいたいとひりつく心も存在している。

これはきっと、過去の恋の名残なのだ。

エヴェリーナは自分にそう言い聞かせる。前世ならばいざ知らず、もし今生で自分がライネの未来のために命を落とせば、彼はきっと苦しむことになる。

なんにせよ、今はマリッカに真意を確かめなくてはいけない。エヴェリーナは、ひそかに準備させた辻馬《つじば》車《しゃ》で、侍女のメルヤとふたり、演奏準備をしているマリッカを訪ねた。


港には、市井の家が二十軒も集められたような、大きな大きな船が停泊している。

「見ろよ、あれがテッレルヴォ号だぞ」

「こりゃすげえ。あの船だけで、うちの街が全部入っちまうんじゃないか」

「バカ、そこまでうちの街は小さくねえだろう」

荷運びの日雇いたちは、初めて目にするテッレルヴォ号の大きさに口々に声をあげる。その横で、舞踏会の準備を任された宰相の下官たちが声を張る。

「おまえたち、口ではなく手を動かせ！　今日中に新しい晩餐《ばんさん》室を設置せよとのご命令だ！」

船上舞踏会といえども、王族が乗船するとあっては、食事のための部屋を整えなければいけない。王と王妃はもちろん、王子のライネ、王弟、前王の兄弟、その家族たちが一堂に会するのだ。

その様子を馬車の窓から覗いていたライネは、細く長いため息をついた。

「イヤねえ、忙しいところわざわざ殿下のために時間を作って来たっていうのに、さっきからため息ばかりじゃないの」

口調こそ女のようだが、低い男性の声が馬車の中に響く。

王室の紋章をつけた馬車に本来乗れるような身分ではない黒衣の楽師が、さもゆったりとくつろいで座っていた。ライネは向かい合った座席から、ちらりと彼に視線を送り、すぐにまた窓の外に顔を向ける。

「私にはわからない」

「あら、恋愛相談？　いいわよ、アタシそういうの聞くの得意なの」

「マリッカ、なぜ彼女は私との結婚を拒むんだ？」

名を呼ばれた楽師兼魔法使いは、ふふっと意味ありげな笑い声を漏らす。

「あのおひいさまはね、アナタと結婚どころか恋をするのにも怯えてるのよ」

「エヴェリーナが？　まさか、彼女はそんな臆病には見えない」

それまで外ばかり見ていたライネは、マリッカに向き直った。

彼の見てきたエヴェリーナは、生命力に溢れた女性だ。自分の意見を言うことができ、ライネ相手にも物《もの》怖《お》じせず、まっすぐに目を見てくる。それに、幼いころから活動的で、そのわりに迂闊《うかつ》なところがあるのも愛らしい。

「当たり前じゃない。まったく、相変わらずオンナ心がわかってないのねぇ。いい？　あの子は前世で、一世一代の恋をしたの。それまでの生活のすべてを捨てて、アナタに会うために人間になった。それなのに、アナタはほかのオンナと結婚した。そうよね？」

「……そのとおりだ」

苦い思いを噛み殺し、ライネはわずかにうつむく。

「あの子は、王子と結ばれなければ海の泡になると最初から知っていたわ。それなのに、アナタが間違った妃を選んだあとも、自分こそが嵐の晩に海で王子を助けた娘だと名乗り出ることもしなかった。まあ、そこはアタシが声をもらってしまったせいというのもあったのだけど」

海で命を落としかけた前世の自分を救ってくれたのは、美しい金色の髪を持つ人魚だった。だが、そのことを信じてくれる者は王子の周りにいなかった。当然といえば当然の話で、人魚は伝説の生き物なのだ。

だから、王子は砂浜で介抱してくれた娘との結婚を決めた。国にとっても都合のいいことに、相手の女性は隣国の王女だった。

「海の泡になるのがイヤなら、ナイフでアナタの心臓をひと突きになさいと、あの子の姉たちに伝えたわ。ひと振りのナイフを持たせてね。けれど、あの子はアナタを殺せなかった。自分が消えることを選んだの」

知ってはいたが、あらためて聞くと自分の愚かさに虫酸《むしず》が走る。彼女の献身を、その優しさを、純粋さを、かつての自分がいかに無下にしたのかを思い知らされる気がした。

「それなのに、同じオトコを相手に軽々しく恋なんてできるものじゃないわ。記憶があろうとなかろうと、魂につけられた傷は簡単に消えやしない。あのおひいさまの魂にはね、誰かを愛したらその相手のために命を落とすかもしれないという恐怖が刻まれているのよ」

フン、と鼻を鳴らし、マリッカは王子の前だというのに不敬にも腕組みをして顎を上げる。

「……それでも、私はエヴェリーナを愛している」

「知ってるわ。だからこうして、殿下に協力してあげているんじゃない」

「協力しているのか邪魔をしているのか、たまにわからなくなることもあるが」

「失礼ね！　アタシほどの魔女の助力を得て、未《いま》だにおひいさまをモノにできないなんて、殿下こそ問題アリよ。せっかく媚薬まで仕込んであげたっていうのに」

マリッカの元に婚約者候補からおりる手立てを相談に行ったエヴェリーナは、役に立つと言われて小瓶に入った媚薬を持ち帰った。それを彼女が飲むか、ライネに飲ませるか。彼女は、自ら紅茶に媚薬を入れて飲み、この世のものとは思えない愛らしくも淫らな姿を晒す羽目になった。ライネにとっては僥倖《ぎょうこう》であり、エヴェリーナにとっては失態だったのだろう。

「彼女の心を手に入れていないのに、体を奪うわけにはいかなかった」

「つまり、最後までシなかったってことでしょう？　ねえ、殿下、アナタって前世で結婚までしていたのよね。それなのに、どうしてそうも奥手なの？　性欲は薄いほう？」

下世話な魔法使いは、興味津々といった顔でライネに詰め寄ってくる。無表情と微笑の中間のような諦観の顔で、ライネはマリッカを一瞥《いちべつ》した。

「性欲と愛情は違う。私はエヴェリーナを幸せにしたいと最初から言っている」

「……そっか。それもそうね。殿下って、クソ真面目なところがあるものね」

何か誤解があるようにも思えるが、彼女を抱かない理由はただひとつ。今生、ライネは全力でエヴェリーナを幸せにしたいと願っている。そのためにできることならばなんでもするし、できないこととてやってみせるつもりだ。

「彼女との結婚を、皆に祝ってもらいたい。誰よりもほんとうの花嫁なのだと、エヴェリーナ自身に思ってもらえるよう努める」

「だから婚前交渉はナシってこと？」

「そういうことになる」

「とか言って、媚薬で火照《ほて》ってるおひいさまとアレコレしちゃったんじゃないの？」

表情は変わらないものの、ライネは言葉に詰まった。

実際、あの夜はやりすぎたと自分でもわかっている。達するときの彼女の苦しげで愛しい表情に、自分を保てないほど興奮したのだ。

前世の人魚が、痛みをこらえて二本の脚で歩く姿に、ライネは情欲と愛情を知った。だが、エヴェリーナの見せた女の顔はそれ以上にそそるものがあった。

彼女を征服し、すべて自分のものにしてしまいたい。あの夜、何度そう思ったかわからない。すんでのところで自身の性欲をこらえたのは、ひとえにエヴェリーナの無垢さを汚したくなかったからだ。

くちづけても、肌に触れても、彼女はライネにとって不可侵の聖域だった。今のエヴェリーナはただの人間の娘だと知っていてなお、ライネにだけは犯しがたい聖女に見える。

空の天使は空乙女《そらおとめ》、海の人魚は海乙女。

どちらも神の使いとされる、清らかな乙女たち。

——だが、結婚して私の妻となった暁《あかつき》には、その清らかさもすべて奪い尽くす。

「そんなことよりも、シュルヴィについてはそちらでも警戒を怠っていないだろうな」

気を取り直し、マリッカを呼びつけた用件を確認する。

船上舞踏会の準備が整うということは、正式に婚約者を発表するということだ。現在、ライネにはふたりの婚約者候補がいる。彼の中で選ぶ相手は決まっているが、選ばれなかった女性がエヴェリーナに危害を加えては困る。

「まあ、ほどほどに警戒しているって感じかしらね。アタシも楽隊の予定が詰まって、忙しいのよ」

「——マリッカ」

それまでとは違う、低い声でライネが名を呼ぶ。するとマリッカは、少々慌てた様子で目をそらした。

「そんな怖い声出しちゃイヤよ、殿下ったら！　ほら、アタシ、遠見《とおみ》の術ってあんまり得意じゃないでしょ？　アレやると、すっごく疲れちゃうの。だから、ときどき、たまに、気が向いたら見てるっていうのかしら」

「それでは、契約に反していると思うが？」

「えーっと、それはね、そういうときにはきちんと対応するから安心してちょうだい」

「至らない場合、対価を差し出すこともできないというのは肝に銘じておけ」

冷たく言い放つと、マリッカががっくりと肩を落とす。この魔法使いは、ライネからとあるものをもらいたくて仕方がないらしい。自身にとっては、さほど珍しいとも思えないものではあるのだが、何かが魔法使いの琴線《きんせん》に触れたのだろう。

――その程度で、エヴェリーナを守ることができるなら、私の持つものなどなんだって差し出す。

罪悪感は、どこまでものしかかってくる。しかし、それに懊悩する時期は過ぎた。今のライネは、いっそ開き直っていると言ってもいい。

彼女を傷つけた過去は消せない。

ならば、誰よりも彼女を幸せにする。そして、ついでに自分も幸せになりたい。愛しいエヴェリーナを娶るとなれば、ライネの人生は薔薇色だ。

こぼれたミルクがもとに戻らないのなら、新しいグラスにより新鮮でおいしいミルクを注ぎ直す。誰かにとって正しいかどうかではなく、彼女が笑っていられる未来。ライネの求めたものは、エヴェリーナと生きる道だった。

「ああん、もう！　そんなイジワルなこと言わないで。わかってるんでしょ。アタシがその瞳に弱いこと」

「ならば、しかと働け、魔法使い」

「そっちは副業。今は、レ・クセル宮殿のお抱え楽師よ」

艶《あで》やかな笑みを残し、マリッカは馬車を降りていく。

——なんとも厄介な相手を協力者に選んでしまったものだ。

そうは思えど、前世の記憶を持つライネにとって、前の時代から同じ世界に生きているほかの人物にあてはない。

「……む？　あれは……」

窓の向こう、遠く金色の髪が揺れていた。どれほど離れていても、見間違えることなどありはしない。

愛しいエヴェリーナが、侍女を連れて港を歩いている。日雇いの労働者たちの中、彼女は異彩を放っていた。

——ああ、エヴェリーナ。今日もきみは美しい。この距離では顔が見えないのが残念だが、それでもきみという存在はこれほどまでに眩しいのか。

人が聞いたら心配しそうなものだが、とりあえずライネは今、馬車の中にひとり。そして心の中で少々危険な執着愛をこじらせていても、声に出さないから許される。

窓に張り付くように、彼はひとりの少女を目で追い続けた。

・・・・・━・・・・・・・・━・・・・・

大型客船のための港は、想像とは違う騒がしさだ。薄着の男たちが、大きな荷物を抱えて倉庫と船を往復する。彼らは、エヴェリーナが普段聞き慣れない大声で、掛け声と笑い声と怒鳴り声をあちこちに撒《ま》き散《ち》らしていた。

「ずいぶん活気があるのね」

「さようでございますね。船上での催し物は数年ぶりと聞きます。そのため、準備に追われているのでしょう」

メルヤは、そう言ってエヴェリーナの背後をついてくる。彼女が同行してくれてよかったと、エヴェリーナはひそかに胸を撫でおろした。

ここに、ほんとうにマリッカが来ているのだろうか。楽師らしき姿は見当たらない。焦る気持ちを抑え、テッレルヴォ号を見に来たという名目に反しないよう、近隣を散策する。その間も、エヴェリーナは目を皿のようにして、マリッカの姿を探した。

「エヴェリーナさまは、海があまりお好きではないのかと思っていましたが、船には興味がおありなのですか?」

侍女の質問に、ふと足を止める。

雨の音が苦手だった。海中でいつも聞いていた、水の音を思い出すせいだ。それでも海に囲まれた島で再度の生を受けたのは、エヴェリーナの魂が海を求めていたからかもしれない。

「船には、あまりいい思い出がなかったの。だけど、海が嫌いなわけではないわ。この島に生まれて、いつだって海を感じて生きてきたんですもの」

海風が、金色《こんじき》の長い髪を揺らす。ドレスのスカートがひどくはためいた。

「やはり、港は風が強いですね」

「そうね。特に今日は――」

言いかけたとき、ひときわ強い風が吹きつける。エヴェリーナもメルヤも目を閉じて、ドレスの裾を押さえた。

次の瞬間、目を開けると、ふたりの目の前に突然黒衣の男性が立っていた。

「えっ……？」

突如、人が現れたことに驚いたのか、メルヤが小さく声をあげる。

「ほんと、今日は風が強いわぁ。おひぃ――じゃなかった。エヴェリーナ嬢、こんなところで会うとは奇遇ね」

長身で装身具を過剰に着けた男性が、女言葉で話しかけてくるものだから、侍女がいっそう奇異の目を向けるのも仕方あるまい。

「メルヤ、こちらは宮殿で楽師をなさっているマリッカさま」

「は、はい。エヴェリーナさまのお知り合いでございましたか」

探しているときには見つからず、こちらが油断していると目の前に忽然《こつぜん》と現れる。マリッカは、そういう人を食ったところのある人物だった。

「あら、アナタ、地味なお仕着せのメイド服なのになかなかどうして、秘めた美を感じさせるわね。どう？今度、アタシの演奏を聞きにいらっしゃいよ」

「マリッカさま、我が家の侍女に手を出すのはお控えくださいね？」

にっこりと笑顔を作ってはいるものの、エヴェリーナとしては気が気でない。マリッカは服装や口調に問題こそあれ、異国情緒を感じさせる美丈夫《びじょうふ》だ。

――で、でもマリッカは心が女性なのだとしたら、恋愛対象は男性……？

そんなことを考えている場合ではないと思い直し、エヴェリーナはメルヤに向き直る。

「メルヤ、少しマリッカさまとお話してくるわ。向こうに港の商店街があったから、そこで待っていてくれる？」

「ですが、エヴェリーナさま……」

相手がライネならともかく、それ以外の男性とふたりきりになろうとするエヴェリーナに、侍女は困惑した顔をする。何かの間違いがあっては、レミネン侯爵家が王家に顔向けできなくなることを、メルヤは知っているのだ。

「あら、ちょうどいいわ。アタシ、商店街の装具屋に注文した品があるの。ねえ、アナタ、よかったら受け取りをしてきてくれる？　これが受取書。それと、お金ね。お釣りで何かお菓子でも食べてちょうだい。輸送船が途中で捌《さば》いていく珍しい果実も売ってるわよ」

面食らうメルヤに、マリッカは一気呵成《いっきかせい》にたたみかけて、返事も待たずにエヴェリーナを連れて歩きはじめる。

「あ、あの、エヴェリーナさまっ」

「すぐに戻るわ。心配しないで」

とはいえ、いったいどこに行けばゆっくり話す場所などあるものか。このあたりに詳しくないエヴェリーナは、マリッカのあとをついていくよりない。

「おひいさまったら、すっかり貴族のご令嬢ねえ」

「人魚だったころより、人間として暮らした時間のほうがもう長いのよ。当たり前だわ」

マリッカは、荷運びの男たちとは反対に向かう。その先には、港へやってきた人たちの馬車や馬が並んでいる。エヴェリーナが乗ってきた辻馬車も、帰りまでそこで待ってくれることになっていた。

海の手前なこともあり、馬車の並ぶ向こうには常緑樹の林がある。海岸沿いでは、塩水に強い木だけが生き残るのだ。

「ちょうどいいところに切り株があるじゃない。さあ、おひいさま、ハンカチをどうぞ」

どこからともなく取り出した、黒いレースのハンカチ。それをマリッカが切り株に敷いてくれる。

「ありがとう」

エヴェリーナを切り株に座らせ、マリッカは雷《かみなり》で倒れたらしい古木の幹に腰を下ろした。

「こんなところまでわざわざ出向くだなんて、先日の薬がよほど気に入ったのかしら?」

ふふっと笑うマリッカに、あの日のことを思い出してエヴェリーナは一瞬で顔を赤く染める。

「なっ……、あ、あれはどういうつもりなの？　わたしは、破談を望んでいるって言ったのに、あんな……あんないやらしい薬を……っ」

「相変わらず、初心《うぶ》なおひいさまねえ。相手は、アナタが命を懸けるほど愛した王子サマでしょ？　もったたいぶらずに、たっぷり愛されるのがオンナの幸せよ?」

「だって、マリッカが言ったんじゃない。人間と人魚が結ばれても、幸せになれないって……!」

それは、エヴェリーナの心を縛る太く頑丈な鎖だ。過去、どれほどの数の人魚たちが、人間の男性に恋をしたのだろう。彼女たちは、悲恋ののちにひとりぼっちで海へ戻っていったのだろうか。かつてのエヴェリーナがそうだったように。

「そうねえ、たしかに言ったわ。だけど、いい加減アナタは現実を見なさい、おひいさま」

「えっ……?」

「今のアナタのどこが人魚だっていうのよ。どこからどう見たって、ただの人間でしょう。それなのに、過去の悲しみに囚《とら》われて、いつまでもかわいそうな人魚でいようとする。人間と人間の恋なんて、何も珍しいものじゃないわよ」

かわいそうな人魚。

マリッカの言葉は、エヴェリーナの心の深いところに届いていた。彼の言うことは間違っていない。事実、エヴェリーナはつい今しがた、人間に恋した人魚のことを考えた。自分も含めて、彼女たちのことをとても悲しく思ったのだから。

「ねえ、おひいさま。アナタはもう人魚じゃあないのよ。ほんとうはわかっているんでしょう?」

「わたし……、だけど、もし……」

「運命と呼ぶか、呪縛と呼ぶか。どちらにせよ、そんなものが生まれ変わってまでついてくるってよほどのことよ。それとも、アナタはそんなに業《ごう》の深いオンナなのかしら？」

もう、彼の命を奪うためのナイフを握るのはいやだった。彼の幸福を祈って、ひとりぼっちで消えていくのもいやだ。それなのに、もし同じ事態になったら、きっと自分は繰り返してしまう。

――殿下に、生きていてほしい。生きて幸せでいてほしい。だから……

「アナタはさっさとこの世から退場したから知らないだろうけどね、王子だってあのあと、ずいぶんかわいそうだったのよ」

「え……？」

エヴェリーナの知らない、人魚の死んだあとの物語。マリッカは、それを知っているのだ。

「どういうこと？　あの人は、お妃さまを迎えて幸せに暮らしたのではないの？」

「気づかずにいられれば、幸せだったのかもしれないわよね。だけど、彼は気づいた。ほんとうに大切だったのは、自分を海から救ってくれた海乙女でもなく、ましてや砂浜に駆けつけた隣国のお姫さまでもなく、歩くのが苦手な声の出ない澄んだ目をした女の子だってね」

喉が熱い。鼻の奥がジンとして、涙が溢れてしまいそうだった。

「それで、彼は……？」

「消えた娘を探しに、王子は城を出たわ。王はカンカンに怒って、王位継承権を別の王子に与えたの。お妃さまも、子どもがいないのをこれ幸いと、生国に帰っていったわね。お金もなく、世間知らずの王子さまは、旅人となって消えた娘の痕跡《こんせき》を探した。だけど、何も見つかるはずがないのよ。だってアナタは、人間の世界ではなく海の底で暮らしていたんだもの」

マリッカの話によれば、王子は人魚の娘を探して十数年もの間、諸国を旅して歩いた。そして、どこにも彼女がいないと気づき、嘆き悲しみ、声さえも出ないほどに憔悴《しょうすい》した。慣れない旅に疲れた体は、絶望に苛《さいな》まれた。

そして、海の底で水晶玉を覗いていたマリッカは、彼のもとへ出向いたのだという。

魔法使いは、王子にとっての死神となった。残りの命をもらう代わりに、娘がどこから来てどこへ行ったのかを教える契約を交わしたのだ。

王子はすべての真実を知り、悔恨《かいこん》に泣き崩れたという。最期の祈りのあと、彼の命の輝きはマリッカの瓶に閉じ込められた。

「王子の最期の祈りはね、どうかまたアナタと会えますように、次こそは必ず人魚の姫を幸せにできる自分になれますように――そして、彼は今、アナタのそばに生きているの」

話を聞き終えたとき、エヴェリーナの頬は滂沱《ぼうだ》の涙で濡れていた。生まれてこのかた、こんなに泣いたことがあっただろうか。覚えているのは、甲板で頬を濡らしたあの涙。彼を殺すことなどできないと泣いた、人魚の涙。

「ねえ、エヴェリーナ。アナタにとって、王子は命を奪った許せない相手なのかしら?」

「そ、そんなこと……あるわけがないわ。わたしは、ただあの人が好きだった。あの人が笑ってくれるのが嬉しくて、あの人の声を聞けるだけで幸せで、あの人が……あの人が生きていてくれるなら、それだけでいいと思えるくらいに愛していたわ！」

「そうでしょう？　だったら、もう何も怖がらなくていいのよ。苦しんだのは、アナタだけじゃない。あの王子サマを幸せにしてあげなさいな」

泣きじゃくるエヴェリーナを、マリッカが優しく抱き寄せる。異性に抱きしめられているという感じはなく、姉のような抱擁だった。

女性にはない広い胸で涙を流し、エヴェリーナは何度も何度も彼を想う。

かつて愛した王子を。

この世界で愛したライネを。

どちらも同じように愛しく思うのは、ライネが前世の魂を引き継いでいるからだろうか。

「……ありがとう、マリッカ」

「どういたしまして。アタシとしても、ちょっぴり寝覚めが悪かったのよ。せっかくふたりが生まれ変わっているんだし、今度こそ幸せになってもらわなくちゃね」

——だから、彼はここにいるのだわ。

広い海に浮かぶ、ニモネン島。このサンテ・ニモネン王国にライネとエヴェリーナが生まれたのは偶然ではない。ふたりとも、前世の悲しみを魂に刻んで生まれてきた。

そして、また同じすれ違いが起こらないよう、マリッカはきっと近くで見守っていてくれたのだ。

——ほんとうにありがとう、マリッカ……

エヴェリーナが顔を上げると、きらきらと輝く耳飾りをつけたマリッカは、昔と変わらずにふふっと笑う。

「それに、アタシってこういうの好きなのよ。こじれた初恋っていうのかしら。執着しすぎてすれ違う恋情？　アナタたちのヒリヒリする両片思い、見ているだけで興奮しちゃう！」

「…………マリッカ？」

「いいわよねぇ、若い男女の必死な恋！　青臭くてたまに暴走なんかしちゃったりして、迸《ほとばし》る情熱、溢れる性欲！　ああ、たまらないわぁ……」

どうやら、エヴェリーナの周囲には厄介な人物ばかりが集まるようにできているらしい。そんな絵を描いた神に悪態をつきたくなりつつも、涙を拭いて立ち上がる。

「そろそろ戻らないと、メルヤが心配するわ。商店街まで案内してくれる？」

「そういえばそうだったわね。舞踏会での演奏には、新しい耳飾りで臨《のぞ》む予定なのよ。この島、辺鄙《へんぴ》な場所にあるのにいい宝石が入ってくるじゃない？　人間界も捨てたものじゃないわよね」

マリッカがサンテ・ニモネン王国で楽師をしているのは、ライネとエヴェリーナを見守るためで、決して美しい装飾品のためではないはず――

少々疑いの気持ちを胸に、スキップでもしそうな足取りのマリッカを追いかけて、エヴェリーナは歩き出した。その後は、メルヤと合流し、自宅へ帰る予定だった。ところが、気の利いた侍女のメルヤは装飾品を受け取ったのち、港まで戻ってきていたらしい。

「エヴェリーナさま、マリッカさま。こちらにいらっしゃったのですね」

「メルヤも、もう戻っていたのね」

「はい。あまり長く外出されては、ご主人さまと奥さまがご心配されます。そろそろお帰りの準備をされてはいかがでしょうか？」

「ええ、そうね」

しかし予定はあくまで予定であり、人生は常に未定らしい。

思いがけないことばかり起こる時期というものがある。まさに今がそれなのか。特に誕生日からこちら、エヴェリーナは怒涛《どとう》の日々を生きている。

カツカツと、靴音が響いた。振り返るより早く、声が背中からエヴェリーナを圧倒した。

「私の婚約者候補を泣かせるとは、どういう了見だ！」

「で、殿下⁉」

唐突に声が響き、第一王子がエヴェリーナの腕をつかむ。驚きに見開いた瞳に、ライネが微笑みの消えた顔を向けた。

――どうして殿下がここに⁉

「少し彼女を借りる」

「えっ、あ、あの、待ってください。わたし、そろそろ帰ろうとしていたところで……」

「私とは話す時間も作れないのか？　ほかの男とは抱き合っていたというのに？」

そう言われて、エヴェリーナはマリッカとの抱擁を見られていたのだと気づく。そのまま、ライネはエヴェリーナを強引なエスコートで連れ去ってしまった。

予定はどこまでも予定でしかなく、予定通りに人生は進まない。たぶん。

「ほんと、ひと筋縄じゃいかないふたりねえ」

「あ、あの、エヴェリーナさま……」

去っていくふたりを見送って、マリッカはにんまりと口角を上げ、メルヤは戸惑いつつも彼らを止める術《すべ》を持たなかった。

・・・・・|・・・・・・・|・・・・・

まだ少し目尻の赤いまま、エヴェリーナは王室の紋章が刻まれた馬車に押し込まれる。それはまさに押し込まれたというのがふさわしかった。いつも物腰やわらかなライネにしては、珍しい行動である。

「殿下、どうなさったのですか？」

「……なぜ、わからないんだ」

王族専用の馬車は、車内も広くできていた。向かい合わせで四名分の座席があるのに、ライネはエヴェリーナの隣に体を寄せてくる。

――お顔が近いわ。近すぎる！

今にもひたいがぶつかりそうな距離に、心臓が高鳴るのを止められない。

「私はきみを愛している。想いのすべてを、きみだけに向けてきた。それなのに、エヴェリーナは平気でほかの男と抱き合っていたのか？　きみは私の婚約者候補だという自覚がないのか⁉」

「それは……っ」

マリッカを異性として見たことがなかった。だが、その話をするには自分とマリッカの前世からのつながりを説明する必要がある。前世どころか、六百年も生きている魔法使いがいることを、ライネが信じてくれるのだろうか。

「事情があったのなら、せめてそれを話してくれ。あの男と何を話していた？　なぜきみは泣いていたんだ」

魔法使いの語った話を思い出し、エヴェリーナは無意識に目をそらした。

彼が話してくれたのは、前世の王子が愛のために悲しい結末を迎えた、その事実。そしてライネには記憶がなかったとしても、彼こそが人魚の愛した王子だった。

「……私には、言えないことか」

昏《くら》く低い声が聞こえて、エヴェリーナはハッと顔を上げる。するとそこには、見たことのない悲しげな笑みを浮かべたライネがいた。

「殿下、そういうわけではありません。ただ、少し込み入った個人的な話だったもので」

「いい。言いたくないことだってある。言葉にできない想いもある」

――え……？　何？　どうして、殿下はそんな寂しい目をしているの？

そう思った次の瞬間、ライネが笑顔のままエヴェリーナの体を後ろ向きに馬車の窓へ押し付けた。

「きゃっ……!?　殿下、待っ……」

「待たない。言っただろう。きみが言いたくないという気持ちを私は尊重する。だからエヴェリーナも、私の嫉妬を体で受け止めるんだ」

一方的な言い分だと思う。だが、同時にライネが嫉妬していると明かしてくれたことに、心が震えてしまう。

――マリッカに嫉妬なんてする必要はないのに。だってわたしは、殿下のことを……

座面に膝をついたかっこうで、エヴェリーナは車窓に両手をかける。背後からライネが覆いかぶさってきているため、逃げることはできない。

いや、逃げるつもりはなかった。

彼の前世での最期を聞いたことで、もう気持ちは決まっている。マリッカの言ったとおりだ。いつまでもかわいそうな人魚のつもりでいては、何も変わらない。

「エヴェリーナ……っ」

首筋に、熱い吐息が触れる。めくりあげられたドレスのスカートの下、ライネが幾重にもなったパニエを強引にかき分ける。

何か言わなければ、と思った。彼の行動を咎めるつもりはない。もともと、本来ならば一国の王子である彼を咎めることなど、誰もできないのだ。

「……殿下のお好きにしてください」

あなたを受け入れる――その気持ちを込めて、エヴェリーナは言った。

しかし、そこでライネの動きがぴたりと止まる。どうしたのだろうかと、首をひねって彼の表情を見ようとしたとき、それを封じるようにライネが強くエヴェリーナを抱きしめた。

「殿下……？」

「心はわたさないけれど、体だけは自由にしていいと言うつもりか？　それで私が満足すると思ったのか⁉」

低い声に哀切《あいせつ》がにじんでいる。彼がどんな気持ちでその言葉を口にしたのか。考えると、エヴェリーナの心もきつく締めつけられる気がした。

「そんなつもりでは……」

「誰にもわたさない。きみを奪われるなんて、相手が神だろうと許さない」

内腿に、何か熱いものが触れる。びくっと体を震わせると、逃がさないとばかりにライネの腕が力を込めた。

「待ってください。わたしは、そんな……」

彼と話をしたい。ライネのことを愛している。その気持ちを、誰よりもライネに伝えなければいけないのだ。けれど、体をよじることもできないまま、エヴェリーナは下着を下ろされていた。

「や……っ、待って、お願い……っ」

「いっそ、今すぐに奪ってしまおうか。だが、きみは快楽で籠絡されるような女性ではないのだろうな。私がどれほどきみを求めても、いつだってするりとこの腕から逃げ出してしまう」

悲痛な声とともに、昂ぶった劣情が柔肉を割る。亀裂の内側に挟み込まれたものが何か、わからないわけではなかった。

前世も今生も、愛した人はただひとりだ。彼しか好きになったことなどない。海乙女は、純潔のままにこの世を去った。

「ぁ、あっ……」

まだ濡れてもいない秘所を、ライネの灼熱《しゃくねつ》があえかにこする。膨らんだ切っ先からは先走りの透明な雫《しずく》が溢れ、それが花芽にまぶされた。

「誰かに奪われるくらいなら、きみを私しか入れない塔に閉じ込めてしまおうか。そして毎晩、たっぷりと精を注いであげよう。ほかの誰もいない世界でなら、私を求めてくれるのか……?」

「殿下……っ」

甘く狂った声音で、彼は妄想を語る。そんなことをしなくても、ライネを愛しているのだと彼は知らない。なぜ、これまで彼への想いを封じてきたのか、その理由を知る由もない。

「わたしも、殿下をお慕いしています。ですから、こんな……」

「嘘がへただな、エヴェリーナ。いつものように拒んでくれてかまわない。きみは、私を恐れて当然だ。愛してくれないのも当たり前のことだ。私は、きみを――」

いつしか溢れた媚蜜で、ふたりの感じやすい部分が濡れそぼっていく。ライネが腰を動かすたび、甘い疼きが腰から脳天まで突き上げた。

「ああ、ぁ、そこ、いやぁ……っ」

花芽を重点的にこすられて、エヴェリーナは甘い悲鳴をこぼした。はしたないほど淫らに腰を突き出し、与えられる快楽に何も考えられなくなってしまう。

「んっ……！　ん、ぅ、ああ、あああ、お願い、待っ……」

窓枠にかけた両手は、関節が白くなるほど力が入っていた。腰から下が溶けてしまいそうなほど、ライネの与える快楽に酔いしれる。

それでも、大切なことは伝わらない。

このまま彼を受け入れ、純潔を捧げたとしても、きっとライネは『奪った』と感じてしまうのだ。

――そうじゃないわ。わたしが、殿下を愛しているとわかってほしい。ずっと、あなただけを愛してきたんだって……

粘着質な水音に、官能がいっそう高まる。エヴェリーナがビクビクと腰を震わせるのに合わせ、亀頭が蜜口にあてがわれた。

「……殿下のものです」

かすれた声で言うと、彼がぐっと腰を押し付けてくる。いとけない蜜口に、張り詰めた切っ先がめり込む感じがした。

「わたしの心は、すでに殿下のものです。信じてくださらないのなら、どうか抱かないで……」

「エヴェリーナ……？」

それ以上は進まない。進めない。ライネの劣情が、ドクンドクンと脈を打っているのがわかる。

「本気で言っているのか？　私の怒りをおさめようとしているだけでは――」

首を横に振ると、ほつれた髪が首筋をかすめた。背後で、ライネが息を呑むのが伝わってくる。

「マリッカは、古い知り合いです。わたしは、わたしが愛した人はこの世でひとりだけ。殿下だけなのに……」

その彼を、前世でも今生でも苦しめているのだ。

知らなかったとはいえ、王子としての身分を捨てて自分を探し求めてくれた人を、これまでずっと振り回してしまった。彼を拒み、彼との結婚を拒み、エヴェリーナは自分だけがかわいそうな存在だと思っていたのだ。

しかし、今ならわかる。

「……わたしの夢は、幸せな家庭を築くことです。祖母や母のように、たくさんの家族に囲まれて長生きすること。だけど、その相手は殿下しか考えられません。ほかの誰かなんて、考えたこともないんです」

思い描いた将来は、いつだって隣に立つ誰かの顔がなかった。生まれたときからライネの婚約者候補として扱われ、彼との結婚をどう避けるかばかり考えて、それなのにほかの男性に恋をすることもなかったのだ。

前世があろうとなかろうと、結局自分はライネしか好きになれない。この心から逃げることは不可能だ。

「きみを、私の妻に迎えたい」

耳元で甘い声が聞こえた。内腿を蜜がしたたる。

「船上舞踏会の夜に、正式に婚約者の発表がある。私は、きみと生きていきたい。エヴェリーナ、きみだけをずっと求めてきたんだ」

蜜口から彼の熱が離れていき、ライネはエヴェリーナの体を反転させた。見上げた王子は、泣きたくなるくらいに優しい瞳をしている。

「……わたしも、あなたと幸せになりたいです」

涙目で告げると、ライネは何も言わずに大きく頷いた。

逃げてばかりだった二度目の人生。

エヴェリーナは、初めて自分の心を解き放ったように思う。幾重にも巻き付いた鎖は、もういらない。運命がもし、再度の選択を迫ってきてもかまわなかった。

――何度だって、この人のために死ぬことができるわ。だけど、殿下を不幸にしないために、わたしは長生きしてみせる。

ああ、と腑《ふ》に落ちるものがあった。

記憶が戻る以前、長生きしたいと思っていたその理由は、前世での自分が十五で命を落としたからではない。

――わたしは、この人をひとりきりにさせないために長生きしたい。もう二度と、悲しい結末を迎えないために。

「ありがとう、エヴェリーナ。きみの気持ちが嬉しいよ」

「殿下……」

目尻に彼の唇が落ちてくる。しっとりとくちづけられ、エヴェリーナはもどかしさにライネの背に腕を回した。

「もっと、してください……」

「かわいいおねだりだ。私のキスがほしいのか？」

頷いたのと同時に、唇が甘く塞《ふさ》がれる。

「口を開けてごらん」

「で、でも……」

「いい子だから、怖がらないで」

彼の言葉に、緊張しながら応じる。すると、待ち構えたかのようにライネの舌が口腔《こうこう》に入り込んできた。

「ん、んんっ……！」

ぬちゅりと甘く、互いの舌が絡み合う。舌先でくすぐられると、体の奥に残る快感の火種が熱を増した。

「ぁ、んっ……、こんな、舌を……」

淫靡なくちづけに、エヴェリーナは膝立ちで体を支えるのがやっとだ。

「甘い唇だ。もっと食べさせてくれ。舞踏会の夜までおあずけを食らうのだから、キスで慰めてくれてもいいだろう？」

彼の求めるままに、キスで応じる。

——初めて、気持ちが通じ合ったの……？

いつも、ふたりの心はすれ違っていた。前世、人魚が王子を愛したときには彼はその気持ちを知ることなく、ほかの女性と結婚した。彼が人魚を愛していると気づいたときには、自分はもう海の泡になったあとだった。

――もう、離れたくない。ずっとこの人と生きていきたい。

「かわいいよ、エヴェリーナ。きみが愛しくておかしくなってしまいそうだ」

「わ、わたしも……殿下のことを想っています」

「いつから？」

やわらかな微笑で、ライネが問う。彼の疑問も当然だ。これまでエヴェリーナは、彼から逃げることばかり考えていた。シュルヴィと婚約してほしいと言ったことさえある。

「……はっきりと自覚したのは、つい先ほどです」

「つまりそれは、以前から私を想っていてくれたということか」

「は、はい……」

恥ずかしさに目を伏せると、追いかけてきた唇がキスで顔を上げさせる。

「ん、っ……」

「私も、ずっときみを愛していたよ。きみが思うよりも、ずっとずっと昔からね」

――それって、まさか……？

前世の記憶を、ライネも持っているのかもしれない。このとき、初めてエヴェリーナはそう感じた。

だが、もし彼の言う昔からという意味が、自分が幼いころからということだった場合、ライネの変態度が上がってしまう。

「……どうしたんだい？　なんだかヘンな表情をしているようだが」

「い、いえ、別に……」

「まさか、私の好みに合わせてくれているのか。だとしたら、それも喜ばしい」

愛情は間違いなく感じられるのに、心から素直になりにくい理由のひとつに、ライネのおかしな性癖が関係していると思うのは、気のせいではないらしい。

エヴェリーナが訝《いぶか》しげに目を細めると、彼はいっそう幸福感の漂う笑みを見せた。どこか恍惚さえも感じられる表情だ。

「ああ、きみのいやがる顔に興奮するのを許してくれるとは、さすがエヴェリーナだ。私の妃はきみしかいないよ」

強く抱きしめられながら、エヴェリーナは幸福と不安を噛みしめる。

彼が幸せなら、それでいい。

――だけど、あまりおかしな発言は慎《つつし》んでいただきたいです‼

それすらも含めて、ライネを愛しいと思う自分も、とうにおかしくなっているのかもしれないけれど。

屋敷まで送るというライネに、侍女が待っているからと断りを入れて、エヴェリーナは馬車を降りた。

「私に送られるのはそれほど嫌か?」

「そういうことではありませんっ。侍女を待たせて殿下と帰るわけにはいかないんです」

「ならば、私もエヴェリーナの馬車に乗せてくれてかまわない」

「辻馬車で来ましたので、席がありません」

そんなやり取りを、遠くからじっと見つめる者がひとり。彼女は長い髪を海風に吹かれながら、親指の爪をきつく噛んでいた。

「どうして、どうしてエヴェリーナなの? 殿下の妃には、わたくしのほうがふさわしいのに……!」

船上舞踏会は、数日後に迫っていた。

・・・・・・|・・・・・・・・・・|・・・・・・

その日、レミネン侯爵邸は朝から忙《せわ》しなく、末娘のエヴェリーナの支度が調《ととの》えられていた。

舞踏会のためにあつらえたドレスは、光沢ある薄桃色のタフタ地を使い、上品で大人びたデザインに仕上げてある。肘から広がる袖口は、エヴェリーナの細い手首をいっそう華奢に見せた。

「まったく、当日まで家族にも知らせないというのはほんとうなのか? もしや、サザルガ侯爵のところにひそかに連絡がいっているわけではあるまいな」

今宵《こよい》の船上舞踏会で、ライネの婚約者が正式に発表される。そのことは、すでに王室から通達があった。

「きっとあちらでも、同じようなことをおっしゃっているのではありませんか？　ねえ、あなた、そんなことよりエヴェリーナの美しさを見てくださいな。わたしたちの末娘が、こんなに大きくなったのよ」

居ても立っても居られない様子の父を、母がなだめすかす。化粧を終えて、鏡の前に立つエヴェリーナは、両親のやりとりを微笑ましく思う。

――今夜は殿下に会えるのね。それに、正式に婚約者になったら、わたしは今夜……ライネと結ばれることになるのかもしれない。エヴェリーナは、すでにその覚悟を決めていた。

彼を愛する気持ちを認めてからは、心が自由になった気がする。何しろ、生まれる前から愛していた人だ。彼を拒んでいたころのほうが、自分に無理を強《し》いていた。

「エヴェリーナが美しいことなど、以前から知っている！　うちの娘たちは皆世界一だぞ」

「世界一が何人もいるだなんて困ったものですわ」

「ぬ……！　だが、愛する妻は世界でただひとりだ」

「まあ、あなたったら」

いくつになっても、両親は恋人同士のようで、エヴェリーナはそんなふたりに憧れている。いつか、ライネと自分もそうなれるだろうか。

――殿下はあまり恥ずかしがったりされる方ではないから、わたしが困るくらいに愛してくださりそうだけれど。

想像するだけで自然と笑みが浮かんでくる。これが、心を自由にするということなのか。

十五歳で潰《つい》えた前世の初恋。

十七歳にして自覚した、二度目の初恋。

初恋なのに二度目だなんておかしいと思うものの、エヴェリーナ・レミネンとしての恋はこれが最初。そして、最後の恋だと感じている。

「お父さまとお母さまのご準備は終わっているの？」

「ええ、あなたの晴れ舞台をいちばん近くで見守るんですもの。とても誇らしい気持ちよ、エヴェリーナ」

母がそう言って、にっこりと微笑んだ。

「晴れ舞台って、まだここが終わりではないだろう。結婚式が今から楽しみだ。エヴェリーナ、ウエディングドレスを着たおまえは、いっそう美しいだろうな」

父は、早くも目にうっすらと涙をためている。

「もう、気が早いわ、お父さま。まだどちらが婚約者になるか、発表されたわけでもないのよ」

——そうよ。そうだわ。わたしったら、勝手に安心していたけれど、殿下の婚約者は彼が勝手に選ぶわけではないんだもの。

第一王子の妃とは、次期王妃にもっとも近い立場だ。また、王妃の子が国王となれば、王妃は国母となる。

これまでの王妃は、歴史上全員がサンテ・ニモネン王国の出身だ。そのため、今回も婚約者候補と呼ばれているのはエヴェリーナとシュルヴィのふたりだが、将来的な国益を考えて諸外国から妃を迎えることとてありえないことではない。結婚相手を自分で選べないのは王族も貴族も同じなのだ。

けれど、エヴェリーナはそれを不安に思うことはなかった。もちろん、彼がほかの女性と結婚すると決まれば悲しいだろう。それでも生きていてくれる。

愛する人と幸せになりたい気持ちは、誰にだってあって当然だ。エヴェリーナも、前世では初恋の王子との将来を夢見て人間の脚を手に入れた。だが、彼を愛するゆえに自分の命を絶ったのも事実なのだ。極論を言えば、彼が生きていてくれるだけでいい。結ばれなくとも、生きていさえすれば、ライネならきっと幸せになれる。

——だから、わたしは今日を精いっぱい楽しむわ。

日が暮れるより早く、エヴェリーナは両親とともに馬車で出発する。今夜は、客船での宿泊となるため、荷物を載せた馬車と二台での並走だ。

馬車は港へ向かい、軽やかな蹄音を響かせる。

前回、演奏準備中のマリッカに会うため訪れたときに比べ、港に並ぶ馬車の数は格段に多い。それに、あのときは労働者ばかりだったが、今日居並ぶのは着飾った貴族たちだ。

水平線が夕日の色に染まるころ、エヴェリーナは乗船前から集まった貴族の夫人たちに声をかけられていた。

「わたくしね、殿下がお選びになるのはエヴェリーナだと思いますのよ。先日の誕生会でのおふたりの姿を見て予感してましたの」

「おふたりはとてもお似合いでしたものね。あのときのライネ殿下ったら、いつにもましてお美しかったわ」

口を挟む隙もなく、夫人たちはエヴェリーナを取り囲んで話し込む。おそらく、シュルヴィのほうも同じ状況だろう。

——そういえば、シュルヴィはもう到着しているのかしら？

人垣の間から周囲を見回せば、小柄なシュルヴィがこちらへ向かって歩いてくるのが見えた。

「少し失礼いたします」

エヴェリーナは、会釈をして夫人たちの輪から抜け出す。思うところはあるのだろうが、今日の決定を前にシュルヴィと話したい気持ちだった。

あるいは、シュルヴィも同じ気持ちでいたのかもしれない。エヴェリーナの姿を見つけると、彼女は小走りに駆け寄ってきた。

「ごきげんよう、シュルヴィ」

「エヴェリーナ、ごきげん麗しゅう。あなたは、こんな日もいつもと変わらないのね」

——なんだか、シュルヴィはいつもとずいぶん違うみたい。

不安げに大きな目を伏せ、彼女は青白い頬をしている。具合がよくないのだろうか。そう思ったエヴェリーナの腕に、シュルヴィは子どものように両腕でしがみついてきた。

「わたくし、怖いの……」

「シュルヴィ、どうしたの？」

「だって、今夜ですべてが決まってしまうのよ。ほんとうは、今までずっと怖かったわ。それなのに……」

今にも泣き出しそうな彼女に、人々がちらちらと視線を送ってくる。

「お願い、エヴェリーナ。乗船までまだ時間があるでしょう？　少し、ふたりきりでお話したいの。お時間をいただけないかしら？」

子どものころから、シュルヴィには数え切れないほど嫌がらせをされてきた。だから、素直に彼女の言葉を信じてはいけないと頭ではわかっている。

――だけど、こんなに不安がっているシュルヴィを疑うなんてできないわ。

「ええ、わかったわ。だけど、ふたりきりで話をする場所なんてあるかしら」

頷いたエヴェリーナに、シュルヴィがぱっと表情を明るくする。

「それならわたくし、いい場所を知っているの。少し歩くことになるけれどよろしくて？」

「おまかせするわ。家族に声をかけてくるから、少しここで――」

「行かないで！」

肘にシュルヴィの爪がぐっと強くめり込んだ。痛みにおののくより、小柄な彼女のどこにこんな力があるものかと、エヴェリーナは息を呑んだ。

「お願い……少しだけでいいの。わたくし、不安で今にも倒れてしまいそう。この気持ちをわかってくれるのは、エヴェリーナだけでしょう……？」

上目遣いにこちらを見上げるシュルヴィは、こぼれそうな涙で紫色の瞳を震わせている。

「そうね。わたしたち、もっと早くにたくさん話していたらよかったかもしれないわ」

エヴェリーナは、心からそう思った。

ライネとの結婚を幼いころから切望していたシュルヴィと、婚約者候補という肩書から逃れたがってきたエヴェリーナ。けれど、お互いこそがもっともわかりあえる相手だったのも頷ける。

「では、どちらに行けばいいのかしら」

「南側に、古民家が残っているの。もう人は住んでいないはずだから、ふたりきりになれるはずだわ」

エヴェリーナの腕をぎゅっとつかんだまま、シュルヴィは視線で方向を示す。彼女は、言い終えると顔を上げてにっこり笑った。

「ありがとう、エヴェリーナ。わたくし、あなたのことを誤解していたのかもしれないわね」

「シュルヴィ……！」

こんなときだというのに、エヴェリーナは胸が熱くなる。

「わたしも、まったく同じことを考えていたの。わたしたち、誰よりも近い境遇で育ったんですもの」

「……同じなんかじゃないわ」

小さな声で、シュルヴィが言う。周囲の喧騒《けんそう》もあって、その声はエヴェリーナの耳まで届かなかった。

「え？」

「いいえ、そうねって言ったの。行きましょう？」

そして、エヴェリーナは人混みを抜けてシュルヴィと古民家へ向かう。婚約者候補ふたりが並んで歩く姿に、人々は驚きと好奇の目を向けていた。

港から少し坂を登ったところに、かつて使われていた古民家がある。港町は十数年前の整備で、嵐の被害がありそうな海沿いから住宅地を移していた。その際、古くから残った建物がそのまま放置されたものらしい。

旗竿地《はたざお》にある建物は、庭に手入れのされない木々が生い茂り、石造りの大きな井戸が年月を感じさせる。

「ここなら、少しは落ち着ける？」

「……ええ、そうね。もう少し……」

「もう少し？」

井戸の前に立ち、シュルヴィが肩を震わせていた。泣いているのかもしれない。そう思って、エヴェリーナは彼女に一歩近づく。

「シュルヴィ、だいじょうぶ？」

「………こっちに、来てくださらない？」

「ええ、もちろん」

その背に手を触れようと伸ばしたとき、くるりと振り返ったシュルヴィが、エヴェリーナの手を取った。

彼女は、泣いてなどいなかった。それどころか、愛らしい顔立ちに狂気じみた笑みが浮かんでいる。一瞬で、全身に鳥肌が立った。

「え……っ……⁉」

「さよなら、エヴェリーナ」

鈴が鳴るような声でそう言って、シュルヴィがエヴェリーナの体を両手で押す。そのくらい、なんてことはない——はずだった。そう、転ぶ程度なら慣れている。幼いころから、シュルヴィのそういった嫌がらせはよくあったことだから。

「っっ……！　あ、あっ……ああっ‼」

しかし、エヴェリーナは次の瞬間、暗く狭いところへ体が落ちていくのを感じた。突き飛ばされた先は、ぽっかりと大きな口を開けた井戸だったのだ。

「痛……っ……」

枯井戸を埋めたのか、深さはさほどない。海が近いせいか、井戸の中は潮の香りがした。

「シュルヴィ、何を……」

「ねえ、エヴェリーナ。あなたは殿下と結婚なんてしたくないのでしょう？　それに、この縁談がなくなったところで、レミネン侯爵夫妻はあなたをお屋敷から追い出したりしない。そうよね？」

井戸を覗き込んだシュルヴィは、そう言って小さく笑う。丸く切り取られた空が、ひどく不安を煽った。

「わたくしは、そうではないの。殿下に嫁ぐため、父は何人もの女性に手をつけたわ」

——どういう……こと……？

「わたくしの母はね、サザルガ領の役人の娘だった。出産したとき、まだたった十六歳だったそうよ。貧乏な役人の娘にしては、たいそう美しい娘だったのですって」

サザルガ侯爵の夫人なら、エヴェリーナもよく知っている。凛《りん》と背筋の伸びた女性で、クツァド侯爵家の出身なはずだ。

――では、シュルヴィのお母さまというのは……

「母はほかに想う男性がいたのに、父に金で買われて子を産まされた。その生まれた子どもがわたくし。しかも、生まれた直後にサザルガ侯爵家に引き取られて、一度だって母に抱いてもらった記憶もないの。当然よね。母は、わたくしを産んだ直後に自ら命を絶ったのですって。母の人生って、なんだったのかしら」

「シュルヴィ……」

彼女が、サザルガ侯爵夫妻の間に生まれた子でなかったというのは初耳だ。

「……ねえ、エヴェリーナ。あなたはたくさん持っているでしょう？　優しい家族も、幸せな思い出も。わたくしには、殿下しかいないの。殿下と結婚できなければ、わたくしが生まれてきた意味がなくなってしまうの。だから……悪く思わないでちょうだい？」

その言葉を最後に、シュルヴィが井戸の上から姿を消す。まさかとは思うが、彼女は自分を置き去りにするつもりなのか。

「待って！　シュルヴィ、お願いよ、待って‼　話を聞いて……っ」

叫ぶ声は、誰にも届かない。

声が嗄《か》れるまで、エヴェリーナはシュルヴィの名前を呼び続けた。しかし、返ってくるのは沈黙だけ。

そのうち、体がひどく凍えていることに気がついた。井戸の底は埋められているのに、潮の香りがする水が薄くたまっている。ドレスはぐっしょりと濡れて、結い上げた髪も冷たくなっていた。

「誰か……！」

かすれた声に見切りをつけ、エヴェリーナは両手で井戸の内側に触れてみる。しかし、這《は》い上がるにはつかめそうな場所がない。シュルヴィは、最初からエヴェリーナを騙すつもりでここに連れてきたのだろう。

──もし、誰も見つけてくれなかったら、わたしはここで……

その先は、恐ろしくて考えたくない。

寒さに震える体を、両腕で抱きしめた。エヴェリーナは、両手が震えていることにそのとき初めて気がついた。

──わたし、間違っていたんだわ。人間は、いつどこでどんなふうに人生が途絶えてしまうかわからない。だから、一瞬一瞬を大切にしなくてはいけなかった。愛する人と幸せな時間を過ごし、たくさん思い出を作らなくてはいけなかったのに。

誰もが、必ず最期の瞬間を迎える。不平等な世界で、唯一平等なもの。それが死だ。

前世の人魚は、自ら海の泡となる道を選んだけれど、それは選ぶ自由があった。今、もしもエヴェリーナがこの井戸の底で死んでしまったら──

そう考えて、ぶんぶんと首を横に振る。

「そんなわけないわ。だって、わたしがシュルヴィと一緒に歩いていくのを、たくさんの人が見ていたんですもの。だから、シュルヴィだって自分が疑われるような真似をするはずが……」

エヴェリーナが見つかれば、必ずシュルヴィが疑われるだろう。

しかし、見つからなかった場合は？

背筋が凍りつくような恐怖に、エヴェリーナは大きく咳《せ》き込んだ。

もっと大切にすればよかった。もっと疑えばよかった。もっともっと、ライネを愛していると伝えておけばよかった――

どれほど時間が経っただろう。エヴェリーナは、寒さに震えながら目を閉じていた。暗くなった空に星が光る。けれど、その儚い光は井戸の底まで照らしてはくれない。

「――……ーナ、エヴェリーナ‼」

「殿下……っ⁉」

遠く、ライネの声が聞こえた気がした。

「殿下……！　わたしはここです。井戸の中にいます！」

痛む喉をこらえて、エヴェリーナは必死に叫んだ。ほどなくして、慌ただしい足音とともにライネが丸い井戸の上に顔を出す。

「エヴェリーナ！　待っていろ、すぐに助ける！」

幸いに、水くみ用の滑車もロープも残っている。ライネがそれを下に落としてくれて、エヴェリーナは冷えた両手に巻きつけようとした。

「ああ、あ、どうして……」

震える手が、指が、思い通りに動かない。

「だいじょうぶだ。ゆっくり手のひらに巻きつけてごらん。すぐに引き上げる。私はこれでも体を鍛えている。きみひとりくらい、軽々と持ち上げてみせよう」

「殿下ったら……」

彼が、エヴェリーナを笑わせようとしてくれているのが伝わってきた。その優しさが、今は心に沁《し》みる。

何度かの挑戦ののち、やっとエヴェリーナは井戸の外に出られた。

「エヴェリーナ！」

濡れたドレス姿のエヴェリーナを強く抱きしめて、ライネが逼迫《ひっぱく》した声で名前を呼ぶ。

「で、殿下、申し訳ありませ……」

今宵《こよい》は、船上舞踏会。

彼にとって大切な日だというのに、シュルヴィの罠《わな》にかかってしまった。悔しさと悲しさで、エヴェリーナの目に涙が浮かぶ。

「謝るな！　きみに落ち度などない。今回のことは、私が招いたようなものだ。もっと早くに決着をつけておくべきだった」

ライネはフロックコートが汚れることもいとわず、震えるエヴェリーナを強く抱きしめてくれた。

——どうして、こんなことばかりが起こるのかしら。やはり、殿下とわたしは結ばれない運命にあるから……？

「ですが、舞踏会の主役である殿下がこんなところにいては、皆さまがお困りになります。わたしのことなら大丈夫ですので、どうぞお戻りになってください」

「戻るなら、きみと一緒でなくては意味がない。エヴェリーナ、私はきみを皆に紹介するつもりだ」

「紹介……？」

「私の花嫁になる女性は、きみしかいないのだと今宵宣言する」

「だっ……駄目です！」

婚約者を決めるのは、ライネの一存では済まない。

「何が駄目なのかわからないな。私の妻を私が選ぶ。それがおかしいことか？」

「そんな、だってわたしは……」

ドレスは汚れ、髪も乱れている。こんなかっこうのエヴェリーナを婚約者に望むなど、貴族たちから嗤《わら》われてもおかしくない。

「……もう何も言うな。いや、好きに言ってもいいな。私が唇を塞げばいいだけの話だから――」

ライネは、まだ青白い頬に薄く笑みを浮かべ、返答を待つことなくエヴェリーナの唇を奪った。

重なる唇の温度に、エヴェリーナは目を閉じる。舌を絡めるでもなく、ただお互いの気持ちを確かめ合うような、優しいキス。

「殿下……、大好きです……」

「ああ、私もきみを愛している。だから、きみしかいらない。きみ以外、私の妻になる女性はいないんだ」

半刻ののち、エヴェリーナはライネに横抱きされたまま、客船テッレルヴォ号へ乗り込んだ。

シュルヴィはどうなるのだろうと思ったが、すでに彼女の姿はない。それどころか、ライネに問うとシュルヴィは騎士団によって拘束されているという。

「なぜ、シュルヴィを……？」

「なぜも何もない。彼女は私の妻となる女性を陥れた。命さえ奪おうとしていたかもしれない。そんな人間を放っておけるか！」

ひどいことをされたのはわかっているのに、エヴェリーナはどうしてもシュルヴィを憎めなかった。あるいは、すがりついてきた彼女の手が小さくて、ほんとうに怯えているように見えたからだろうか。

「そんなことよりも、きみには私のことだけを考えていてほしい」

「殿下……」

「さあ、皆に挨拶をしよう。きみはただ、私の首に両腕を回していてくれればいい。できることなら、幸せそうな笑みのひとつも浮かべてくれると、貴族たちも祝福しやすいかもしれないな」

「はい、わかりました」

ふいに、遠い昔のことを思い出した。

あれはまだ、人魚が人間の脚に慣れていなかったころ。

——あの人は、よくわたしを抱いて庭に散歩に連れていってくれたわ。四阿《あずまや》の白い大理石の椅子に座らせて、髪を撫でてくださった。

「皆、今宵は私の婚約発表のため、よく集まってくれた。礼を言う」

張りのあるライネの声に、一同が息を呑むのがわかった。

「我が愛しのエヴェリーナ・レミネンを、正式な婚約者として宮殿に迎えたい。これは、我が父、我が母ともに同じ考えである。未来の妻、エヴェリーナを迎えるにあたり、ここに列席する皆が証人となる。異論のある者は挙手せよ」

初めはぱらぱらと、次第にうねるような大きな音で、船上は拍手に包まれていく。

——わたし、ほんとうに殿下の婚約者になったのね……

かろうじて保っていた意識が、ゆっくりと薄れていく。それでもエヴェリーナは、ライネが船室へ運んでくれるまで、なんとか笑顔を保っていた。

・・・・・・|・・・・・・・・・・|・・・・・・

——ここ、は……？

目を開けると同時に、お腹がぐう、と小さく鳴る。天井には真紅の天蓋布《てんがいふ》が張られ、エヴェリーナは自分が寝台に横たわっているのだと気がついた。

「おはよう、エヴェリーナ」

「お、おはようございます。あの、わたし……」

寝台の脇に立つライネが、目を細めてこちらを見つめている。その瞬間、エヴェリーナは自分が正式にライネの婚約者になったのだと思い出した。

――わ、わたしったら、婚約早々寝てしまったの⁉

急いで寝台に体を起こすと、先ほどまで着ていた舞踏会のためのドレスは脱がされている。下着姿に慌てて両手で胸元を隠した。

「そんなに慌てなくてもいい。きみが眠っていたのは、ほんの半刻ほどだ」

「そう……でしたか。殿下、先ほどは助けていただきありがとうございました」

井戸の中から見上げた、丸い空。思い出すだけで、また体が震えそうに鳴る。あの恐怖から救ってくれたのは、ほかでもないライネだった。

「ですが、どうしてわたしの居場所がわかったのですか？　それに、シュルヴィのことも……」

「私には協力者がいてね。彼が危険を教えてくれた」

「まあ、そんな方が？」

長い睫毛を瞬《しばたた》かせると、そんなエヴェリーナを見てライネが穏やかな表情で首肯する。

「それよりも、きみには食事が必要だろうか。船内はまだ賑《にぎ》わっているから、食べるものもあると思うが」

「いえ、食事は特に――」

必要ありません、と言おうとしたはずが、口より先にお腹が返事をする。きゅるるる、と細く長い音が鳴って、エヴェリーナは両手で顔を覆った。

——あんな恐ろしい目に遭っても、お腹が減るだなんて！　わたしったら、なんて健康なの!!

「まったく、きみはなぜそんなにも愛らしいのだろう。私の心をつかんで、一生離してくれそうにない」

「うう……、も、申し訳ありません……っ」

「何も謝ることはない。そう言っただろう。すぐに食事を運ばせよう」

「ですが皆さまのところへ戻らなければ、心配されるのではありませんか？」

今夜の舞踏会は、ライネの婚約発表のために開催されている。それなのに、主役が船室にこもっていては皆が退屈するのではないだろうか。

「心配というより、噂でもちきりだ。シュルヴィが騎士団にとらえられ、きみはドレスを濡らして戻ってきた。私が甲板へ赴けば、質問攻めにされるのは目に見えている」

少し憂鬱《ゆううつ》そうな表情で、ライネがため息をこぼす。その姿が、なんだかかわいらしくてエヴェリーナは相好を崩した。

——いやだわ、わたしったら。殿下はお困りなのに、そんな姿をかわいらしいだなんて……

その考えが、何かに思い当たる。これは、彼がエヴェリーナの困った顔を好むのと同じなのかもしれない。

だが、その場合、ライネは変態ではないということになるのか。それともエヴェリーナもまた、変態的な趣味があるということになるのか。

「嫌だわ、そんなの！」

思わず口に出して、驚いた顔のライネに我に返る。

「今のは殿下に申しあげたのではなく――」

「そうか。私も嫌だと思っていたから都合がいい」

――え？　なんの話？

「あちらに戻るより、きみとふたりでいたい」

「そっ……それは、その……」

一瞬で頬が熱くなった。ライネの深緑の瞳は、普段ミステリアスに見えるぶん、こういうときには媚薬のような甘さを感じさせる。

「エヴェリーナも同じ気持ちでいてくれただなんて、これほどの幸福はないよ」

おろした髪をひと房つかみ、ライネはその金糸の毛先にキスをする。優美な所作と彼の伏せたまぶたに心臓がどくんと大きな音を立てた。

――なんて美しいのかしら。

黒髪がやわらかに揺れるさまを見つめて、エヴェリーナはほう、と息を吐く。それに続いて、寝台がかすかにきしんだ。

ふたりの吐息が、天蓋布の下に閉じ込められていく。どちらからともなく唇を重ねれば、遠く人々の声が聞こえてくる。耳朶をかすめるのは、楽隊の奏でる音色だ。

「息、が……」

キスの合間に酸素を求めるエヴェリーナを、ライネは追いかけて舌を絡ませてくる。そのたび、呼吸のタイミングがわからなくなった。

「きみの吐く息を、すべて呑み込んでしまえたらいいのにな」

「っっ……、殿下、それはなんだか恥ずかしいです……」

普段は穏やかで、浮かべた微笑を崩さないライネが、自分の前でだけいろいろな顔を見せてくれる。そのことが、彼の愛情表現なのだと今は伝わっていた。

「では、呼吸の仕方を教えよう。さあ、こちらに」

寝台に横たわり、ライネは枕を軽く叩く。少しの緊張と甘い期待に、エヴェリーナはおずおずと体を横たえた。

「さあ、口を開いてごらん」

「い……いきなり、ですか？」

「もちろん、キスをしながらでなければわからない」

そう言われると、教わる身としては逆らえない。小さく口を開けたところに、ライネが人差し指を差し込んでくる。

「ん、んっ……ぅ、殿下、何を……」

「もっと開けて。かわいい舌が見えるくらいに」

「ぁ、んっ……」

指先が捏ねるそぶりで舌を弄《もてあそ》ぶ。逃げようと引っ込めれば、長い指は奥まで追いかけてきた。

「そう、もっと……。困りながら口を開けて、私に指を入れられたせいで閉じることもできないエヴェリーナというのは、たいそう官能的だ……」

——何をおっしゃっているの⁉

エヴェリーナとて、十七歳の恋する乙女だ。多少、恋愛に疎いところはあれど好きな人の前ではかわいい姿を見てほしい。

それなのに、ライネはエヴェリーナの珍妙な表情を見て興奮気味に息を荒らげる。

「ゃ、んん……っ」

「もっと開けて。私の舌を受け入れるんだ。ああ、その眉尻の下がり具合がたまらない。我慢できない、エヴェリーナ……！」

人差し指が引き抜かれ、口を閉じる間もなくライネのくちづけに覆われた。まるで噛み付くように大きく口を開け、彼は舌をぐっと突き入れてくる。

「んっ、ん、んーっ！」

ねっとりと絡む舌に、すぐ息苦しくなってエヴェリーナは喉をそらした。しかし、ライネはそれを追いかけて、甘い吐息を封じ込める。

——駄目、頭がぼうっとして……

「キスするだけで、達してしまいそうだ。エヴェリーナ、きみの唇はなぜこんなに愛しいのだろう」

「そ……んな、こと……」

下着姿で寝台に押し倒され、繰り返されるキスにエヴェリーナの体も熱くなっていく。ほかの誰にも触れられたことのない場所を、ライネには今まで何度かさわられた。そのたび、おかしいくらいに全身が敏感になるあの感覚――一度覚えた快楽は、決して忘れることができない。

くちづけだけで、エヴェリーナの蜜口は淡く濡れはじめている。自分でもその変化に気づき、きゅっと内腿を閉じ合わせた。

「そんなに緊張しなくとも、いきなり挿《い》れたりはしない」

ふっと笑ったライネが、前髪をかき上げる。冗談なのか本気なのか、判別しにくい。

「あ、あのっ！」

「どうした？」

「呼吸の仕方については、結局どうすればいいんでしょう？」

とりあえず、この先にあるものに悩むより、目先の問題を解決すべく質問したエヴェリーナに、ライネは楽しそうに笑い声をあげる。

――だって、呼吸ができなかったら困るわ！

「エヴェリーナ、いいことを教えてあげよう」

「はい」

「きみのこの鼻は、なんのためについていると思う?」

ちょん、と鼻先を指でつつかれて、エヴェリーナは彼の言いたいことを察し、ひどく恥ずかしい気持ちになった。

「そういうところも愛しいよ」

この上ない美しい笑みを浮かべたライネは、そっとエヴェリーナの胸元に顔を寄せる。下着の上から胸の丸みを手のひらで撫でられ、もどかしさがこみ上げた。

「エヴェリーナ、まだ触れていないのに屹立してきた。見てごらん」

「や……っ……」

「嫌なのは、触れてもらえないことか。それとも、きみの体が私の愛撫を期待していることか。前者なら、協力できる」

甘い笑みにそぐわないライネの言葉が、いっそうエヴェリーナの心を煽る。触れられたいと願うのは、彼のことを好きだからだ。だが、それを口にするのは淑女としてどうなのだろう。

「わ、わかりません……っ」

「わからない?　だったら試してみるしかないな。さあ、いい子にしておいで。布越しにキスするところから始めよう」

言うが早いか、彼は左の胸にくちづける。最初は膨らみの裾野に、次は下着から盛り上がった上部に、谷間に移動しては右胸へと顔を動かし、それでもまだ感じやすいところを放置していた。

「っ……ふ、ぁ……っ」

「悩ましい声だ。それに、目が潤んできている」

「殿下……っ……」

焦らされる体に、エヴェリーナが小さく声をあげると、ライネが唇に人差し指をあてがった。彼の指先は、熱を帯びている。

「ライネと呼んでごらん。そのほうがもっと気持ちよくなれる」

「ですが、そんな不敬な……」

「かまわない。きみは私の妻になるのだからね」

──殿下を、名前で呼ぶ……?

想像しただけで、妙な照れくささが胸いっぱいに広がった。

「ラ……」

続きが声にならず、エヴェリーナが両手で顔を覆う。それを見越していたかのように、ライネが乳房を鷲掴《わしづか》みにした。

「あっ……！　や、やだ……っ」

「だったら、早く名前で呼ぶんだ。私の理性が焼ききれる前に」

「ん、んっ……」

ビクビクと体が跳ねる。充血した部分は、布がこすれるだけで痛いほどに感じているのに、彼はまだそこに触れてくれない。

「ラ……ライ……」

「ここをかわいがってほしいだろう？」

先端に布の上から舌がかすめる。わずかな刺激だというのに、エヴェリーナはあられもない声をあげた。

「やぁぁっん！　はぁっ……！」

――ああ、駄目。わたしの体、どうなってしまったの……？

「いい声だ。それに、せつなげな表情も愛くるしい」

「殿下、待ってください。こんな急に……」

「おや、また戻ってしまった。さあ、私のことはなんと呼ぶよう言った？」

「っっ……」

羞恥に鎖骨までうす赤く染めて、エヴェリーナは枕の上で横を向く。すると、ライネが胸の中心に向かって息を吹きかけた。

「っ、ぁ、あっ……！」

「かわいそうに。布を押し上げるほど敏感になっている」

言葉とは裏腹に、彼は艶冶《えんや》な笑みに黒いものをにじませる。その表情には、誘惑と支配が同量に含まれていた。

「……ライネ、ライネ……っ」

井戸で叫んだせいで、まだ声は少しかすれたままだ。それでも、彼の名を呼ぶたび、エヴェリーナの心が痛いほどに感じている。

――わたしは、この人が好き。この人のものになりたい……

「ライネ、お願いです。もう、わたし……」

「マリッカの媚薬がなくとも、こんなに私を求めてくれるとはね。その素直さも愛しているよ、エヴェリーナ」

ビッ、と小さく胸元で音が鳴る。次いで、下着が破られたのだと気づいた。

「汚れなき姿も美しいが、手折られるのもまた花の宿命だ」

左右の膨らみに、薄く色づいた乳暈《にゅううん》があらわになる。ライネはそれを口に含むと、やんわりと唇で食《は》んだ。

「っっ……ひ、ぁ、ああっ……ん！」

全身から快感が湧き立つ。求めていた悦楽を与えられ、エヴェリーナの腰が人魚の尾のごとく跳ね上がった。

「きみはここを舐められるのが好きらしい。それとも、こうして軽く歯を立ててもいいのか？」

括《くび》りだされたように屹立する乳首を、ライネが犬歯で軽く突く。

「やぁ……っ、歯、は駄目、怖い……っ」

「怖い？　ほんとうに？　そう言いながら、ますますいやらしい色になってきた」

「ライネ、ああ、あ……っ」

前歯で根元を甘噛みし、彼は舌で先端をあやす。歯を立てられる感覚に、うなじが粟立《あわだ》った。それなのに、優しくあやされるだけの先端はさらに感覚を鋭敏にする。

「ぃ、いぃ、の……っ、こんな、気持ちぃ……っ」

「無垢なきみを、私のものにしよう。さあ、エヴェリーナ。すべてを受け入れてくれ。きみを愛している」

寝台の下に、引き裂かれた下着が落ちていた。幾度も花芽で達しては、エヴェリーナが甘い声で鳴く。

「ぅ……、もう、お願い……、こんな、我慢できな……あ、あっ……！」

達したばかりだというのに、腰の奥深いところから媚蜜が溢れかえっていた。まだ何も知らない純真な隘《あい》路《ろ》が、ライネを求めてひくひくと収斂《しゅうれん》する。

「ああ、そんなに蕩《とろ》けた顔をして。きみはほんとうに、私を狂わせる。その存在が媚薬だ」

——……ずるいわ、そんな顔をするなんて。殿下の……ライネのほうが、ずっとわたしをおかしくしてしまうくせに。

これまで、エヴェリーナはライネの美しさは知っていても、彼の笑顔に腰が砕けたことなどない。

だが、今。この瞬間。

最高の笑みを見せる婚約者を前に、心も体も支配されてしまったのだと感じていた。

そして次の瞬間には、その繊細な美貌と相容《あいい》れぬ凶悪なまでの猛《たけ》りを目の当たりにする。

「……ライネ」

「なんだい、我が婚約者どの」

「それは、その……今まできちんと見たことがなかったのですが、そんなに大きいものなのですか……?」

上半身の衣服を脱ぎ捨て、トラウザーズをくつろげるライネが、漲《みなぎ》る劣情の根元を右手で握っていた。

たしかに、以前にも蜜口にあてがわれたことがある。わずかばかりとはいえ、切っ先が自分の中にめり込んだのを感じた。

――だけど、こんなに大きいだなんて聞いていないわ!

下腹部から勃《た》ち上がるそれは、先端が鎌首をもたげた蛇《へび》のような形状をしている。白磁の頬と比べて肌の色も質感も異なり、まるでライネの体から異形が生えているように見えるほどだ。

「参った。そんなに凝視されると、なんとも面映《おもはゆ》い」

参ったとは口ばかりで、ライネは甘い笑みを浮かべている。

「怖いなら、目を閉じていてもいい。だが、ここでやめるとは言えない。私の我慢も限界だ。きみがほしくてたまらない」

低くかすれた声に、エヴェリーナは肌が総毛立つのを感じた。恐怖ではない。ただ、この男に奪われたいと思った。その太く逞《たくま》しいものを体に受け入れることを想像し、蜜路がはしたなく蠢《うごめ》く。

「……愛しているよ、エヴェリーナ」

蜜口が、じわりじわりと押し広げられる。ゆっくりと捕食されるような感覚に、エヴェリーナは耐えきれずライネから逃げようとした。

「んぅ……っ、ぁ、ああっ……!」

「ここまで来て逃げられると思うとは、きみはほんとうにかわいらしい」

ライネは口元に甘い笑みを浮かべ、エヴェリーナの腰を両手でぐいとつかむ。その瞬間、彼が腰を突き出した。エヴェリーナの体は甘くほぐされ、ずぷりと雄槍の侵入を受け入れた。

「い、痛い……っ、ぁ、あっ……！」

無垢な粘膜が、男の剛直で引き伸ばされる。半分以上を一気に埋め込まれ、全身の毛穴が開いた。

「ああ、駄目だ。そんな愛らしい顔をされては、私は……！」

まだ奥まで挿入されてはいないというのに、エヴェリーナの中でライネがさらに昂ぶる。太く張り詰めた幹には血管が浮き、密着した互いの敏感な部分が脈を打つ。

「いやっ……、そんなに大きくしないで……っ！　痛い、痛いんです……っ」

「すまない。だが、きみがそんなにせつなげな顔をするのを見て、冷静でなどいられない。ああ、エヴェリーナ、エヴェリーナ……っ」

ゆっくりとライネが腰を動かし始めた。浅瀬を短く往復しつつ、ときに深く切っ先を埋め込んでくる。

慣れない動きに体がきしむ。あるいは、きしんでいるのは寝台かもしれなかった。肌をさらし、脚を大きく開かされ、彼の灼熱を穿《うが》たれている。こんなはしたない格好で突き上げられるだなんて、女家庭教師は教えてくれなかった。

「ライネ、お願い、一度抜いて……っ」

「無理を言う。きみの膣内《なか》がどれほど私を狂わせるか……」

初めは痛みが勝っていた行為だというのに、彼の執拗《しつよう》な抽挿《ちゅうそう》でエヴェリーナの体に変化が表れ始めていた。きゅうと狭まった隘路を押し開かれれば、彼の質量を受け止めて腰の奥がもどかしさを募らせる。もっと彼を食いしめていたいとばかりに、蜜路がせつなく収斂《しゅうれん》した。

「ん、っ……！」

その切っ先が、唐突に最奥にめり込んで。

エヴェリーナは耐えきれず、白い喉をそらした。

——嘘……！　最後まで、わたしのいちばん奥まで……！

それでもなお、ライネのものは入り切らない根元が見えている。彼のすべてを受け入れることはできないのか。

「きみの純潔は、夫となる私が奪った。もうこれで、エヴェリーナは私の妃になるよりほかない。わかるね？」

「や、ぁ……っ……、もう、もう駄目。体、おかしくなっちゃ……あ、あっ」

「返事は？　エヴェリーナ、きみは私の妃になる。そうだろう？」

「ライネ、お願い、もう……」

抜いて、と理性が懇願し、もっと続けて、と本能が叫ぶ。ふたつの思いに引き裂かれるエヴェリーナを、ライネが激しく突き上げた。

「ああっ……！」

「返事をしておくれ。私のかわいい婚約者」

「だ、駄目……っ、こんな、わたし……っ、あ、あっ」

「それとも、きみは私にこうして無理やり貫かれたいのかい？　そういうのが好きだというのなら、喜んで奉仕させてもらおう。きみの望みなら、私から離れていくこと以外はなんだって叶えてやりたい」

最奥を抉《えぐ》った劣情が、抜けてしまいそうなほど蜜口近くまで引き抜かれる。返す刀で彼は腰を強く打ち付けてきた。

「っっ……、ん、あああ、あっ……」

律動が体の中に響く。繰り返される佚楽《いつらく》のリズムで、エヴェリーナは敷布の上で脚を躍らせる。

「まだ、押し返そうとしている。きみの体は私を拒んでいるのか？」

「ち、が……ああ、あっ……」

ずぐ、とめり込む楔《くさび》に、枕の上で頭がずり上がる。それほど強く打ち付けられている感じはしないのだが、粘膜をこすり上げるだけでは済まず、ライネの腰はエヴェリーナの全身を蹂躙《じゅうりん》しているのだ。

――こんなに、わたしの中を全部埋め尽くしてしまうの？

彼に触れられるまで、エヴェリーナは自分の内側にある空白を知らなかった。子を成すための行為を学んだとはいえ、それは身体感覚について学習するものではない。

前世の自分は、そういう意味ではまだ幼かったのだろう。王子を愛する気持ちは心ばかりで、体でつながりたいなんて考えたこともなかったのだ。

――だけど、もう知らないころには戻れないわ。

唇を重ね、肌を合わせ、彼の熱を自分の内側に感じている。奥深くまで抉った雄槍は、その痕跡をエヴェリーナに刻み込む。自分の体が彼の形になってしまう、そんな気がした。

「わたし、ライネを拒んでなんか……あああっ……！」

左手で枕をつかみ、エヴェリーナはがくがくと腰を揺らす。逃げようとしているのではなく、感覚が変わってきている。痛みは刺激になり、次第に悦楽へたどりつく。

「ならば、これは私をほしがって、奥へ奥へと誘ってくれているのだと？」

腰をつかむライネの手は、薄く汗ばんでいた。目を開ければ、手だけではなく彼の裸の胸も、ひたいも、しっとりと汗の玉が浮かんでいるのがわかる。

「ライネ……」

エヴェリーナは、細い右手を彼に向けて伸ばした。

「苦しそう……。どうして？　わたしの体では、満足できませんか……？」

「まったく、何を言い出すんだ。私はきみを傷つけたくないから自制している」

「では、もっと自由になってください」

白い右手を、ライネの左手がすいとつかみとる。彼は上半身をかがめて、エヴェリーナの指先にキスをした。

「自由にというのは、私の好きにきみを犯していいと聞こえるが」

「ぁ、ああ、そうです。全部、ライネの好きにしてくださ……あっ！」

子宮口を塞ぐように押し付けられた切っ先が、びく、と大きく震えるのが伝わって来る。

「また……あ、あっ、また大きく……っ」

「きみのせいだよ、エヴェリーナ」

もうこれより奥はない。そう思っていたエヴェリーナの体の深いところに、さらに楔がめり込んできた。

「っっ……ひ、ぁぁ、あ、あああ、ぁ……っ」

全身が痙攣《けいれん》し、白い肌が赤く上気する。

「愛に飢えた獣《けもの》に自由を与えるとは、私の人魚はずいぶんと寛容らしい」

脳まで揺さぶる律動で、ライネが大きく腰を使う。ふたりの肌がぶつかり合い、淫猥《いんわい》な打擲《ちょうちゃく》音となって船室に響いた。

――今、なんておっしゃったの？　ライネ、人魚ってどうして……？

けれど、思考は断続的になり、快楽の占める割合がどんどん増えていく。

聴こえてくるのは、楽隊の奏《かな》でる祝いの音楽。今ごろ、甲板では色鮮やかなドレスを着た貴婦人たちが、ダンスをしているだろう。エヴェリーナは生まれたままの姿で、ライネのリズムに合わせて乳房を揺らす。

「ああ、駄目、だめぇ……っ、おかしくなっちゃう、わたし、もう……っ」

「いくらでも感じてくれ。そして、達する瞬間のきみの表情を、私の目に焼きつけるんだ」

「ライネ、ぁ、ああ、あっ……」

気づけば、エヴェリーナは自分から腰を動かしていた。溢れた蜜で寝台はぐっしょりと濡れている。それでもなお、ライネの律動は止まらない。

どこまでも加速し、エヴェリーナを追い立てて、それでいて彼も苦しい息を吐く。

――ねえ、ライネ。わたし、わかったことがあるんです。

エヴェリーナは、涙に濡れた瞳で愛しい王子を見つめた。

――あなたが与えてくれるものなら、痛みも苦しみも悲しみも、すべてがわたしの幸せの糧《かて》になる。あなたが生きていてくれればそれでいいなんて、わたしは驕っていたの。あなただけでは駄目。わたしだけでも駄目。だってひとりでは、愛することしかできないわ。

「もっと、愛して……」

「ああ、愛しているよ、エヴェリーナ」

「わたしもです。だから、愛するだけじゃ、なくなる……っ」

愛するのではなく、愛し合うことがしたいのだと、元人魚の令嬢は初めて望んだ。自己完結する感情だけでは、もう満足できない。彼のすべてがほしいと願う、この気持ちこそが愛の先にあるものなのかもしれない。

・・・・・・|・・・・・・・・|・・・・・・・

にぎやかな舞踏会が終わると、船上には波の音だけが残った。どこか厳《おごそ》かで、それでいて懐かしい。ライネは目を閉じて、その音に耳を澄ます。

望んだ人は、腕の中で眠っている。彼女を取り戻すために、長い長い時間がかかった。けれど、一度も諦めようとは思わなかった。思えなかった。

「もう一度、出会ってくれてありがとう。そして、今度こそきみを幸せにする。私の愛しい海乙女」

健やかな寝息を立てるエヴェリーナは、上掛けを顎先までかけて、夢の海を揺蕩《たゆた》う。

——もう誰にも、彼女を傷つけさせない。

そのために必要なことは——

第四章　海に響くは祝福の鐘

コツコツと、暗い牢《ろう》に乾いた足音が響く。

その女は、錆《さ》びた鉄格子の内側で膝を抱えていた。失敗したらこうなることは、最初からわかっていたのだ。それでも、すがるものはもう彼よりほかになかった。

騎士団あずかりの地下牢《ちかろう》は、女の育った豪奢《ごうしゃ》な家とはほど遠い簡素な寝台と、屈辱的な便器が置かれている。こんなところに何日も暮らせば、心はおかしくなってしまうだろう。

――そうなる前に、わたくしをここから出して。お願い、誰でもいい。誰でもいいから、わたくしを助けて。

足音が、女の牢の前でぴたりと止まる。

膝を抱いて寝台に座っていた女は、のろのろと顔を上げた。

「――……シュルヴィ・サザルガだな」

「あなたは誰？」

「この先、ライネ殿下がご結婚なさろうと、即位なさろうと、おまえに恩赦《おんしゃ》はない。殿下の花嫁となる女性に狼藉《ろうぜき》をはたらいたのだ。殿下は決しておまえを外には出さないだろう」

低い男の声が、シュルヴィを絶望に突き落とす。

最初から、ほんとうはわかっていた。だからこそ、エヴェリーナが憎かった。

彼女には敵《かな》わない。無条件に愛される幸福を知る彼女に、王族へ嫁ぐためだけの道具として命を授かった自分が、敵うはずがなかったのだ。

カンッ、と石の床に硬いものが当たる音が聞こえる。目線を向けると、格子の間から投げ込まれたものがあった。それは、シュルヴィでも握れそうな細い柄のナイフ。

「まさか、これでわたくしに自害しろと……？」

「くだらん。そう使いたければ自由にするがいい。だが、おまえがサザルガ侯爵の恩義に報いるというのなら、ここから出してやろう。そのナイフで、愛する男を永遠に自分だけのものにするもよし、愛する男を奪った女をこの世から消すもよし。ただし、ひとりで果てるのなら、この牢の中で済ませろ」

サザルガ侯爵の恩義とは、いったいどんなものだろう。シュルヴィは、化粧の落ちた顔を歪ませ、泣き笑いに似た表情を浮かべる。けれど、涙はこぼれなかった。

「どこまでも、傲慢な男」

「なんだと？」

「いいえ、機会を与えてもらったことには感謝するわ。わたくしだって、こんな暗いじめじめしたところはもう耐えられない。けれど、サザルガ侯爵の令嬢が殿下に危害を加えたとなれば、父も無事では済まないでしょう」

「おまえが気にすることではない。もとより、誰の子かもわからない娘だろう」

「……何を……」

「おまえの母親は、おまえによく似ていたと聞く。見た目の美しさ以外に取り柄もなく、鼻持ちならないわがままな娘で、権威ある男に取り入っては愛人になろうとしていたのだとな」

「嘘よ！」

裸足《はだし》で寝台から飛び降り、シュルヴィは床に落ちたナイフを拾うと、格子の向こうへ刃を向ける。

「母は、そんな人ではないわ。父に無理やり……」

「ほう、そう聞いているか。だが、真実は強者が作るもの。敗者の歴史は上書きされ、この世のどこにも残らない」

「ではなぜ！　なぜわたくしを産んで、母は命を絶ったというの⁉　父の愛人になるのが目的ならば、生きて贅沢《ぜいたく》をしているはず！」

ずっと、考えないようにしてきた。自分が生まれたせいで、実の母が死んだのだなんて思ったままでは生きていけない。

「愚かな娘よ。それだから、殿下に選んでもらうこともなく、愚策に溺れてこんなところで惨《みじ》めに閉じ込められているのだ。おまえの母が死んだ理由なぞ、誰が知るでもない。おおかた、サザルガ侯爵以外の男にも股を開き、生まれた子どもの父親が判明するのを恐れたのではないか」

「……黙って、黙りなさい！」

「母親と同じく、惨めに朽ち果てるか。あるいは――」

いつだって、選択肢は複数あるように見える。しかし、どの道をたどっても逃げることはできなかった。

シュルヴィに与えられたのは、たったひとつの道。

ライネと結婚し、王室とサザルガ侯爵家に血縁を作ること。

それが果たせなくなった今、父や兄たちにとって自分は邪魔な存在でしかない。何しろ、王子の妃になるどころか、王子の妃となる娘を亡き者にしようとした疑いがかけられている。

「…………エヴェリーナなんかに、殿下はわたさない。あの方は、わたくしの夫になる人よ。絶対にわたさないわ。たとえ——」

たとえ、彼の命を奪ってでも。

牢の頑丈な鍵がはずされる。シュルヴィは男から外套《がいとう》を与えられ、人目を忍んで馬車に乗った。

もう、行く宛などない。

あの暗く湿った牢獄《ろうごく》で果てるより、つらい未来もないだろう。

馬車がどこへ向かうのか、シュルヴィは知らない。質問する気力すらなく、ただ目を閉じて揺れを感じていた。

・・・・・|・・・・・・・|・・・・・

船上舞踏会での婚約発表から三カ月が過ぎ、異例の早さでライネとエヴェリーナの結婚式の準備が整った。整ったというよりは、ライネが各方面に笑顔で圧力をかけ、結婚を急がせたのだ。

その背後には、騎士団あずかりで投獄されていたシュルヴィ・サザルガが脱獄し、行方をくらましている事実がある。

婚約者を溺愛するライネは、一刻も早くエヴェリーナを自分の手元に置き、安全な宮殿に暮らしてほしいと言った。

「でも、婚約から一年と経たずに結婚だなんて、おかしいと思われそうです！」

そう言ったエヴェリーナに、ライネがふわりと微笑む。その穏やかな笑みは健在なのに、彼が口にする言葉は以前とどこか違っていた。

「おかしい？　それは、たとえば結婚式を急がなければ、先に子どもが産まれてしまうと思われるとでも？」

「なっ……ラ、ライネ、何を……っ⁉」

「心配せずとも、私とてそのくらいわきまえているよ。それとも、エヴェリーナはそういう理由がなければ結婚を急ぐ気になれないのか？　だったら協力するのはやぶさかではないのだが――」

婚約発表の夜、ふたりは初めて結ばれた。しかし、それ以降ライネはエヴェリーナに手を出さない。

「わかりました！　します、結婚しますっ」

「ああ、よかった。結婚したくないと言われたら、私はどんな手を使ってでもきみの気持ちを変えなければいけないところだったよ」

麗しい王子が、その美貌の下でどんな策を準備していたのかは、できれば知らないままでいたい。

そういった事情で、今日。エヴェリーナは、純白のウエディングドレスを纏《まと》い、宮殿の一室で家族に囲まれている。

両親、五人の姉とその夫たち、姉の子どもたち、皆がエヴェリーナの結婚を心から祝ってくれているのが何よりの救いだ。

「ほんとうに、わたしたちの小さな妹が殿下の花嫁になるのね」

「正式な婚約から、ここまで早かったわ」

「アディリーナ姉さま、そのネックレスすてきね。どこの職人に作らせたの？」

「うふふ、これは夫から今年の結婚記念日にもらったのよ。ねえ、あなた？」

姉妹は皆、それぞれに嫁いでいるため、こうして一堂に会する機会もなかなかない。かしましく、それでいて微笑ましい会話に、エヴェリーナの緊張も次第にほぐれていった。

「そういえば、エヴェリーナが行方不明だとわかったときの殿下は、ずいぶん普段と様子が違っていたそうね」

三番目の姉が、そう言ってエヴェリーナに顔を向けてくる。

「そう……なの？」

だが、エヴェリーナ自身は当然、そのときのライネを見ていない。井戸の底にいたのだから、見られるはずもない。

「ええ、殿下は乗船時刻になっても姿を見せないエヴェリーナを気にされて、真っ青な顔をしていらしたわ」

母の言葉に、そのときのライネを想像して、胸が痛む。彼は、どんな想いでエヴェリーナを探していたのだろう。協力者については、曖昧《あいまい》にぼかされていて詳細を知らない。だが、その協力者のおかげで、今エヴェリーナはここにいる。

「エヴェリーナ、愛されているのね」

「っっ……、そ、それは姉さまたちだって……」

「まあ、これから人妻になるというのに、わたしたちの小さな妹はなんてかわいらしいのかしら」

「殿下にうんとかわいがっていただかなくてはね」

「あら、もうかわいくて仕方がないのでしょう？」

——姉さまたち、絶対わたしをからかって楽しんでいるわ！

だが、それでもかまわない。今日という日が、一生の思い出になるのだ。皆が笑顔でいられる。それだけで、エヴェリーナは幸せだった。

「おまえたち、いつまでも騒いでいないで式場へ行くぞ」

婚約が決まってから、父は少し無口になった。それには、シュルヴィのことが関係しているらしい。

エヴェリーナを井戸に突き落とし、婚約者の座を我がものにしようとしたシュルヴィは、すぐにつかまって騎士団の管理する牢獄に入れられた。その後、彼女が姿を消したことで、騎士団の責任問題が問われている。騎士団長である父が、その件で厄介ごとを背負っているだろうことは、エヴェリーナにも想像できた。

——それに、シュルヴィについてサザルガ侯爵は自分の娘ではなかったと発表されたけれど……

エヴェリーナの父であるレミネン公爵とライバル関係にあるサザルガ侯爵は、娘の失態で失脚の危機にあった。エヴェリーナとシュルヴィは、婚約者候補としてある意味では両家の代理戦争をしていたようなものである。

しかし、結果は出てしまった。エヴェリーナは婚約者となり、シュルヴィは罪人として牢にとらえられたのだ。

サザルガ侯爵はわざわざ愛人の娘を引き取ったはずなのに、彼女の失敗を知ったのち、シュルヴィが自分と無関係の娘だったと、今になって言い出した。さすがに、娘を王子の婚約者候補にしていたからには、自分の娘でなかったと明かして何事もなく済むとは考えにくい。

だが何よりも、シュルヴィをひとりの人間として娘としてではなく、ただの捨て駒《ごま》のように扱ったサザルガ侯爵の態度には、不快感を隠せなかった。それはエヴェリーナだけではなく、サザルガ侯爵と敵対していた父でさえ、シュルヴィに同情したほどである。

——シュルヴィは、いったい今ごろどうしているのかしら。

井戸に落とされたことで、彼女に対して思うところはあった。しかし、あの日シュルヴィが語った出生の話が、サザルガ侯爵の行動によって証明された。きっと、十七年間ずっとシュルヴィは孤独だったのだろう。だとしたら、彼女には助けてくれる家族もなく、牢から逃げたとしてもどこで暮らしているのか。

長年、同じ婚約者候補として顔を合わせる機会も多かった。そのたびに嫌がらせをされつつも、エヴェリーナは決してシュルヴィを嫌ってはいなかったのだ。

「それじゃあ、エヴェリーナ。のちほど式場で」

「またね、エヴェリーナ」

「結婚おめでとう、エヴェリーナ叔母さま！」

「幸せになるのよ」

家族が式場へ向かうのを見送って、エヴェリーナは広い部屋にひとりになる。先ほどまで、あんなににぎやかだったせいか、静寂に耳が慣れない。

今日の結婚式は、レ・クセル宮殿の敷地内にある古い時計塔の下で行われる予定だ。時計塔には、その名のとおりの時計のほかに、建国当初に作られた大きな釣り鐘がある。その鐘は、王室にまつわる祝事のときにのみ鳴らされるため、サンテ・ニモネン王国の民は今日、鐘の音を聞くのを楽しみにしているはずだ。

鐘と時計の文字盤の下には、『海神の瞰台《かんだい》』と呼ばれる、広いバルコニーがある。海に囲まれたニモネン島には、さまざまな国の宗教が入り混じって独自の神を祀《まつ》る習慣があった。この島の守り神であり国の始祖とされる海神は、時計塔の瞰台や東側の海にある諸島に姿を現すと言い伝えられているが、当然誰も神の姿を見たことはない。

軽快なノックの音がして、エヴェリーナは「はい」と大きく返事をする。

扉が開いて姿を見せたのは、思いがけない人物だった。

「まあ！　まあまあまあ‼　おひいさまったら、なんて愛らしいのかしら。アタシ、思わず見惚《みほ》れちゃったわ」

「マリッカ！」

楽隊の演奏者として、彼も今日の結婚式に参加するのだろう。正装したマリッカは、口さえ開かなければ社交界の貴婦人たちを虜にしそうな美丈夫である。

「久しぶりね、おひいさま。元気にしているとは聞いていたけれど、以前より表情がぐんと明るくなって、ますます魅力的になったみたい」

ふふっ、と笑う声が懐かしい。思い起こせば、エヴェリーナの前世の姿を知る唯一の存在が彼だ。

「マリッカこそ、そうしていると本物の楽師に見えるわ」

「失礼ね。今のアタシは、楽師こそが本業なのよ？」

胸元で腕を組み、マリッカはわざとらしく顎を上げて目を細める。かつて、海の底で見知った姿とは違っていても、彼の内面は変わらない。

「ところで、今日は忠告に来たの」

「忠告……？」

その言葉に、背筋がすうっと冷たくなった。人間と人魚の恋は悲しい結末を迎える。そのことを思い出したのだ。

「あら、そんなに青ざめて。なあに？　殿下と実はうまくいってないの？」

「そ、そういうことではないわ！」

「じゃあ、うまくいってるのね。ふふっ、それは何より」

それでね、と彼は続ける。

「シュルヴィにはくれぐれも注意なさい。あの子は、きっと今日の式に現れるわ」

「シュルヴィが……？　マリッカ、彼女が今どこにいるか知っているの？」

「……アタシから情報を得るには、対価が必要よ。忠告は、花嫁へのお祝い代わりに贈ったもの。その先を知りたいのなら、何を差し出してくれるのかしら？」

だが、今のエヴェリーナには差し出せるものがない。言葉に詰まったのを見て、マリッカは来たときと同じくらい、唐突に部屋を出ていこうとする。

「ま、待って、マリッカ！」

「やっぱり何か差し出すことにしたの？」

「いいえ、そうではないの。ただ、お礼を言いたくて」

はにかんだエヴェリーナに、海の魔法使いは少しばかり面食らった顔をした。

「つらいこともあったけれど、こうしてライネと結婚できるのはマリッカのおかげでもあるの。あなたは、わたしの背中を押してくれた」

「ふふっ、おひいさまは相変わらずね」

「相変わらずって、どういう意味？」

「アタシは損得勘定なしに無料で動いたりしないのよ。海乙女のころから、アナタはいつも相手を疑うことを知らないまま。媚薬を飲む羽目になっても、まだ信じていられるのだからスゴイわよねえ……」

「びっ……媚薬、って……！」

そういえば、彼はエヴェリーナを騙して、催淫効果のある薬をよこしたことがあった。だが、あれにはどんな意味があるのか。マリッカは、ただエヴェリーナを困らせて楽しむタイプとも思えない。なにしろ、自分でも認めるとおりの対価を求める魔法使いなのだから。

「いいのよ。いつまでもそのままでいてちょうだい。アタシはたま～にアナタを見に来て、ちょっとからかって、昔を思い出すことにするわ」

その言葉から、彼が島を出ていくつもりなのが伝わってきた。もしかしたら、マリッカはエヴェリーナのことを心配して、見守ってくれていたのかもしれない。

もちろん、そんなことを言おうものなら即座に否定するのだろうが。

「ええ、いつでも来て。そして、懐かしい話をしましょう」

「純真無垢なおひいさま、アナタに海の祝福があらんことを」

今度こそ、マリッカは部屋を出ていった。

そして、それから数分と経たずにエヴェリーナを迎えに使用人たちがやってくる。結婚式の準備はすべて整った。魔法使いから祝福の言葉を贈られた花嫁は、長い裾のウエディングドレスで部屋をあとにする。

抜けるような青空の下、広い芝生の会場に人々が集まっている。花嫁のために作られた花の通路を歩いて、エヴェリーナはライネのもとへゆっくりと歩いていく。楽団の奏でる音楽は、風と戯れながら空へ広がって、どこまでもこの幸福を届けようとしているようだった。

あと数歩で、ライネのもとにたどり着く。

――ライネ、わたしはあなたのことがずっと大好きだったんです。結婚したら、いつか前世の思い出を聞いてくれますか？　あなたには、荒唐無稽《こうとうむけい》に聞こえるかもしれないけれど……

そんなことを考えていたエヴェリーナの耳に、甲高い悲鳴が聞こえた。

「あ、あそこに、人が！」

人々の視線が、時計塔の海神の瞰台へ向けられる。エヴェリーナも、彼らにならって塔を仰ぎ見る。するとそこには――

「……シュルヴィ⁉」

遠目にもわかる、美しい銀髪の少女が、手すりに大きく身を乗り出している。

――まさか、どうして？　マリッカの言っていた忠告は、このことを示唆していたの⁉

エヴェリーナは、考えるよりも早く駆け出していた。とはいえ、引き裾の長いウエディングドレスに、細いかかとの靴を履いていては、思ったように脚が動かない。邪魔なヴェールを剥ぎ取って投げ捨てると、結い上げていた髪までほどける。

――ああもう！　せっかくきれいに結い上げてもらったのにごめんなさい！

「エヴェリーナ、どこへ行くの⁉」

背後から聞こえたのは、二番目の姉の声だった。エヴェリーナは、振り向かずにただまっすぐ走る。

――シュルヴィ、お願い。死んでは駄目よ！

時計塔の入り口手前で、エヴェリーナの横にライネが並んだ。

「ライネ、どうして⁉」

「どうしても何も、私の愛しい花嫁が逃げ出したのかと思ったからね」

「っっ……そういうことじゃありません！」

「わかっているよ。きみは、たとえきみを傷つけた相手だろうと助けようとする。だけど、これからはひとりでなんでもしようとしなくていい。私は、いつだってきみの味方だ」

空の青に溶けてしまいそうな、あまりに美しい微笑を残し、ライネはエヴェリーナを抜いて一気に駆けていく。ただ必死にその背を追いかけ、エヴェリーナはドレスの裾をたくしあげて、時計塔の階段を登った。

想像していた以上に、時計塔の階段は急勾配だった。海神の瞰台までたどり着いたとき、エヴェリーナはぜえぜえと肩で息をし、太陽の眩しさに目を細める。

けれど、細めた目に映ったものは、信じられない光景だった。

「シュルヴィ！」

ライネに向かって、シュルヴィは刃物を手にして立っている。病的に白い頬、生気のない瞳。いつだってツヤツヤと赤かった彼女の唇はひどく乾燥し、ひび割れていた。

「エヴェリーナ、来るな！」

そう叫んだライネに、エヴェリーナはほんの少しだけ、運命を呪った。今度こそ幸せになれる。そう思った矢先に、命の危機が訪れるのだ。これはやはり、人間と人魚の恋が許されないと神が怒っているのか。

「来ないでくれ。私ならだいじょうぶだ。だから、きみはそこから動くんじゃない。いいね？」

ライネがエヴェリーナに微笑みかけるのを見て、シュルヴィが目を吊《つ》り上げる。

「そうやって、いつでも殿下はエヴェリーナばかり見ていらっしゃるの。わたくし、知っていました。それでも、わたくしにはあなたしかいなかった。なのに……ふたりでわたくしを馬鹿にして、誰もいない、もういない。最初からいなかった。わたくしには……」

彼女の家庭の事情を知ってなお、エヴェリーナにはひとつの確信があった。

それは、背景がどうあれ、シュルヴィはライネに恋をしていたのだということ。

愛らしい顔立ちのシュルヴィは、顔に似合わぬ意地の悪い娘だったし、何度も嫌がらせをされたエヴェリーナはその本性を知っていた。それでも、ライネと話すときの彼女は、目を輝かせて幸せそうに笑っていた。あれはきっと、心からの笑顔だった。

——ねえ、シュルヴィ。わたしはもしかしたら、誰よりあなたの気持ちがわかるのかもしれないわ。

ナイフを手にしたシュルヴィの、青ざめた頬。心のすべてを尽くして愛した相手が振り向いてくれない悲しみは、エヴェリーナにも覚えがあった。

だからといって、ライネにナイフを向けたことを正当化したいわけではない。ただ、もっとほかに道はなかったのかとエヴェリーナは唇を噛む。

長生きを、したかった。

幼いころから夢見ていたのは、たくさんの子どもと孫に囲まれた幸せな老後。それは、前世で得られなかった幸福そのものだった。

記憶を取り戻してからも、エヴェリーナはライネから逃げることに必死で。自分が死にたくないと思う気持ちだけではなく、彼を殺さなければいけない状況を恐れていたからだ。

「絶対にわたさないわ。殿下がわたくしのものにならないのなら、エヴェリーナにだってわたさない。それくらいなら、殿下を連れて――」

ナイフを持つシュルヴィの手に力がこもる。

「駄目っ……‼」

エヴェリーナは、反射的にシュルヴィとライネの間に割って入った自分を、後悔したりしない。たとえここで命尽きる運命だったとしても、それは愛する人を守るためなのだ。何度繰り返しても変わらない。結局、自分はこの男のためだけに生きて死ぬ。

――今ならそれを残念だと思ったりしない。愛する人を守って死ぬのは、悲しいけれどひとつの成就ではあるんだもの。

けれど、それでも夢を見た。彼と描く幸せな未来の夢。きっと夢というのは叶わなくてもいいのだ。ただ、夢を見ることが幸せなのだから――

「……っ、させない！」

目を閉じて、終わりを覚悟したエヴェリーナの耳にライネの鋭い声が響いた。

声に振り返るより早く、ライネがエヴェリーナの腕をぐいと引っ張る。反動で体が大きく傾いだ。

「ひどい……っ、こんなときまでわたくしを虚仮《こけ》になさるだなんて……っ！　殿下、あなたはひどい人です……っ」

シュルヴィの手から、カランと音を立ててナイフが石の床に落ちる。その音は、かつて甲板で聞いたあの音に似ていた。人魚だったころの自分が、王子を殺すなんてできないと、ナイフを捨てた音――

――シュルヴィは、本気でライネを殺すつもりじゃなかったのだわ。ああ、よかった。ほんとうに……

そう思ったとき、エヴェリーナの体は時計塔から大きく離れていこうとしていた。そう、海神の瞰台を越えて、空中へと。

「え？　えっ、えええええええ⁉」

ライネを守って死ぬ覚悟はできていても、無駄死に上等と思えるほどの余裕はない。左腕が、大きく宙を掻《か》いた。右腕は、ライネにつかまれている。

そのとき、空へと倒れていく視界の中でライネが極上の笑みを浮かべた。

「だいじょうぶ、ひとりにはしない」

――それは、一緒に落ちるってことですか⁉

幸せそうなライネが、エヴェリーナの体を抱きしめる。なすすべもなく、エヴェリーナはライネごと空へと放り出された。

この高さから落ちて、助かるとは到底思えない。つまり、ふたりは結婚式を挙げる前に地面に叩きつけられてこの世を去ることになるのだ。あまりにひどい結末ではないか。前世より、さらに悪化している。

——神さま、あんまりです。こんなのってありません。どうか、ライネだけは助けてください。できればわたしも助かりたいけれど、そこまで無理は言いません。お願いします、ライネだけは……！

時計塔を見上げていた人々が、口々に悲鳴をあげる。

これから幸せな結婚式を行う予定だった王子が、花嫁もろとも落下しているのだ。無理もない。

空の中で目を閉じて、エヴェリーナは風に頬を撫でられる。ほんとうに、彼はどうかしているとしか思えなかった。国を担うべき第一王子が、こんなことで命を擲《なげう》つとは。

一秒が千秒にも引き伸ばされて感じる中、エヴェリーナは悲鳴の中に感嘆の声が混ざるのを聞いた。

——ん？　あら？　どうして……？

エヴェリーナの願いが神に通じた——ということはないだろう。少なくとも、前世が人間ではなかっただけで、エヴェリーナに特別な能力はない。海乙女は魔法も使えず、美しい声で歌を歌えるだけ。

しかし、彼女の体はいつまでたっても地面に叩きつけられることはない。それどころか、ふわりふわりと空中を漂うような感覚が全身に感じられた。

「ライネ、これは……!?」

目を開けると、ふたりは空に突如現れた青く美しい波の上にいた。

懐かしい潮の香りに包まれて、水面が波打つ音が聞こえる。けれど、漂う波間の冷たさはなく、ただあたたかで優しい空気が感じられた。

「ひとりになんてさせない。きみがそれを望んだとしても、もう私はきみを手放すつもりなんてないんだよ、エヴェリーナ」

驚愕に目を瞠るエヴェリーナとは裏腹に、ライネはうっすらと闇を含んだ甘い笑みを浮かべていた。

それは、世界でいちばん甘く強い毒のような笑顔だった。

人は、美しさに抗うすべを持たない。人間が罪を犯すのは、天使の美貌よりも悪魔の魅惑に負けてしまうから。悪魔と知っていても、その美しさは心を奪う。

美とはときに罪深く、圧倒的なまでに人を惑わせてしまうのだ。

そして、ライネはまさしく悪魔的な笑みでエヴェリーナを包んでいた。

「……ライネ、あとで全部話してください」

観念したひと言に、彼は耳元で囁《ささや》く。

「いつからきみを愛していたかを？　それとも、前世の記憶を語り合おうか」

「なっ……⁉　ラ、ライネ、あなた何をおっしゃって……」

「ああ、やっと言えた。いつ明かそうか、明かしたらきみはどんな顔を見せてくれるのか、そればかり考えていたよ。私の愛しい人魚姫、結婚式は延期になるかもしれないが、きみはもう私だけのものだ。次に飛び降りるときは、私の死を覚悟するように」

唐突に突きつけられた真実に、エヴェリーナが言葉もなく口を開閉していると、ライネは空中で唇を奪う。

――ま、待って、つまりライネはずっと知っていたの？　わたしが人魚だったことも、あの悲しい恋の終わりも……

地上では、人々が歓声をあげる。

エヴェリーナは、もう何を考えるべきなのかもわからなくなり、黙って目を閉じてキスを受け入れることにした。

・・・・・━・・・・・・・・・・━・・・・・・

あれから——地上に降り立ったエヴェリーナは、激しい目眩《めまい》と吐き気に襲われ、すぐに医官が呼ばれた。いつにも増してコルセットをきつく締めていたため、空中からの落下と結婚式の緊張も相まって具合が悪くなったらしい。

ライネは事後処理に追われ、次に顔を合わせたのは、もう夜も更けたころだった。

王太子夫妻のための寝室で、ひとり休んでいたエヴェリーナが目を開けると、ライネが手を握ってくれていた。

「ライネ……」

「ああ、起きてしまったのか。きみの寝顔を見つめるのはなかなか幸せな時間だった。だが、やはり目を開けているエヴェリーナのほうがいい。愛しているよ、我が愛しの妃」

——どこから指摘したらいいかわからないけれど、とりあえずわたしはまだライネの妃にはなっていないのではないかしら。

そんなことを考えていたエヴェリーナだったが、唐突な違和感に陥る。

何が違うのだろう。彼の笑顔も手のぬくもりも変わらないのに、と思ってから、はたと気づく。その瞳が
――美しい深緑の瞳が、左側だけ色を失っているのだ。

深みのある緑色は金まじりの薄茶色に変化し、ライネはそれを気にしている様子もない。

「ライネ、その目は……その目はどうしたのですか？　まさか、わたしのせいで……！」

「なぜエヴェリーナのせいになるのかわからない。これは、大魔法を発動してもらった対価だ。視力を失ったわけではないから安心おし。マリッカは、私の目の色が気に入っていたようだ」

そんなことよりも、とライネがエヴェリーナの指先に唇を押し当てた。

「きみの体は無事か？　あんな目にあったのだから、もっと休んでいたほうがいい」

「ま、待ってください。ライネの目は、大切です。そんなことだなんて……」

「言っただろう。見えなくなったわけではないんだ。私は今後も、きみの愛らしい寝顔をぞんぶんに見つめられる。何も問題はないよ」

視力とは、婚約者の寝顔を見つめるためだけにあるものではない。だが、ライネにとってはそれが重要らしかった。

「……体は問題ありません。なので、少しお話をしたいのですがいかがでしょうか？」

「そうしよう。私も、きみに話したいことがたくさんある」

きっと、ライネもわかっていたのだろう。

ふたりの間には、互いに口に出さなかったことが多すぎた。主に前世について、ずっとどちらからも話題に出さないままだったのだ。

「エヴェリーナが前世を思い出したのは、十七歳の誕生日か」

「なぜ、おわかりになるのですか⁉」

彼は、初手からエヴェリーナを驚愕させる。

「もちろんわかるよ。私は、きみが生まれたときからずっと見ていたんだ」

「生まれたときから……って、それは婚約者候補だったから……」

――まさか、わたしが生まれたときにはライネはすでに前世の記憶を持っていたというの？

ふたりの年の差は九歳。彼がその時点でかつての悲しい恋の記憶を持っていたとしたら、それはあまりに孤独だ。あまりに悲しい。そして、あまりに寂しすぎるではないか。

「私が前世を思い出したのは、七歳のときだった。それ以前から大人びた子どもだと言われていたが、考えてみれば当たり前のことだ。中身は、二十歳を過ぎていたのだからね」

「たった七歳で、ご記憶を……」

エヴェリーナの気持ちを見抜いたのか、ライネが困ったように微笑む。

「そんなに悲しい顔をしないでくれ。つい欲情してしまう」

「…………申し訳ありません。意味がわからないです」

「ああ、つまり私はエヴェリーナの悲しそうな顔や苦しそうな顔、あるいは泣き出しそうな表情などに性欲が高まる性癖があるんだ」

――そこを説明してほしいわけではありませんっ‼

とは、思っていても声に出せない。

頭を抱えそうになったエヴェリーナに、ライネが「やはりまだ具合が悪いんじゃないか？」と見当違いな心配をしてくれる。

「いえ、体は平気です」

「それは、私が欲情しても受け入れる準備があると言ってくれているのか」

「そういう意味ではありません！」

反射的に答えたところ、ライネは楽しそうに笑い声をあげた。やはり、彼は謎めいている。理解不能という意味で。

「最初に言うべきは、もっと違うことだった」

ふ、と彼は真顔になる。

「私は、取り返しのつかない過ちを犯した。そのせいで、きみの命を奪ってしまった。ほんとうに申し訳ない。許してくれとは言えないが、そのぶんの償いを今生でいくらでもさせてほしい」

「ライネ、何を……」

「きみが、陸での生活を選んでそばにやってきてくれたとき、私の愛しい人魚だったと気づけなかった。それどころか、別の女性と結婚して、きみが海の泡になったことも知らずに、きみのことを探していた」

それについては、マリッカから話を聞いている。

――ということは、マリッカとライネは互いに相手の顔を知っているのね。では、協力者というのは……！

「あの、ライネの協力者はマリッカだったんですか？」

「そうだ。彼にはいろいろと都合してもらった。最終的に大魔法を発動してもらう際、対価はすべてまとめて払う契約でね」

今さらながら、何もかもが腑に落ちる。

マリッカがライネに協力していたのなら、エヴェリーナに危険が及ぶことも前もって察知することができただろうし、井戸の底にいるエヴェリーナを見つけることもできたに違いない。

「でも、大魔法……とやらを発動する必要があると、どうして思われたんでしょう」

「それは、私の愛する女性が、自身の命よりも私を優先してくれるような優しい人だったからだ」

ライネは、そっとエヴェリーナの体を抱き寄せた。

「だ、だって、わたしにはあなたを殺すことなんてできませんでした。たとえ結ばれなくても、あなたが幸せでいてくれたらそれでいいと思った、それだけのことなんです」

「愛情深い人だね。だが、覚えておいてほしい。きみが私を愛してくれるのと同じように、私も心からきみを愛している。きみを信じているから言うんだが、この先はどんなことがあっても私の命のみを優先するようなことはやめてくれ。そうでなければ、きみが死を選ぶなら私もあとを追う。二度と置いていかれるのは御免だ」

愛する人を残していくのと、愛する人に残されるのは、どちらがつらいかなんて考える意味はない。どちらもつらく、苦しいのだ。

「エヴェリーナ、返事を」

「…………置いてなんていきません。だってわたしは、あなたと長生きがしたいんです。あなたと子どもたちと孫たちに囲まれて、幸せな最期を迎えたいんです……！」

強く抱きしめ合い、互いの心臓の音を確認する。響く鼓動は、胸が痛いほどに幸せのリズムを刻む。この音が聞こえるかぎり、彼は生きてここにいる。そして自分も、ライネのそばにいるのだ。

「また、そうやって私を誘惑する。きみは無自覚でどうしようもなく愛しい人だ」

「ゆ、誘惑ですか⁉」

「子どもがほしいだなんて、そういう意味だと思うだろう？」

たしかに、閨事なしに子作りすることはできないけれど、今はそういう話をしたわけではなくて。

「……ライネこそ、いつもそういうことばかりおっしゃるの、わたしを困らせるためですか？」

「今まで考えたことはなかったのだが、言われてみればその節はある」

彼の返答に、エヴェリーナは目を丸くした。

意図的でなかったのだとしたらそれも悩ましいし、今後は意図的にエヴェリーナを困らせようとするかもしれない。

――余計なことを言ってしまった……！

「きみは覚えているかい。陸に上がったばかりのきみは、歩くのがとても苦手だった」

「ええ、覚えています。歩くたびに、脚が痛くて……」

「声を出すこともできず、きみはいつも泣きそうな顔をして歩いていた。痛みに耐えていたその表情が、私のそばで笑顔に変わる瞬間、あの喜びは忘れられない」

そうだった。

どんなに脚が痛くても、王子といられるなら幸せだったのだ。こちらから話しかけることができなくとも、彼はいつもいろいろな話をしてくれた。そばにいて、どれほど幸せだったか。

「エヴェリーナ、その笑顔だ」

「わたし、とても幸せでした……」

終わったはずの恋は、生まれ変わっても続いていく。それでもやはり、王子と人魚の恋は終わっているのかもしれない。今ここにいるのは、ライネとエヴェリーナ。あのころのふたりによく似た、別のふたりでしかないのだから。

青珊瑚色の瞳を、涙が覆う。

それを見て、ライネが困り顔で微笑む。

「そんなにかわいい泣き顔を見せると、私に襲われるかもしれない」

「いいんです。ライネにだったら、何をされてもかまいません。ただ、わたしがあのころ、どれだけ幸せだったか、知っていてほしいんです。あなたが生きて幸せでいてくれるなら、自分がそばにいられなくてもいいと思いました。あなたを殺すより、自分が消えるほうがずっとずっと簡単だったんです」

「なぜ、そんな……」

「人魚は、ずっと王子さまに恋をしていました。あれはわたしであって、わたしではないかわいそうな女の子なんです。だから、わたしがただのエヴェリーナでも、ライネは愛してくださいますか……?」

ぽろりとこぼれた涙を、ライネが唇で受け止めた。

「もちろん、生涯かけて愛することを誓う。何度だって誓おう。きみが安心して、私のそばで笑ってくれるまで」

「笑ったら、もうそばにいてくださらないんですか?」

泣きながらそう言うと、彼は嬉しそうに笑う。

「……きみも、たまに意地悪なことを言うんだな。それはそれで愛らしい」

「ずっと、いてくれなきゃいやです。ライネとずっと一緒にいたいんです」

「ありがとう。その言葉が聞けただけで、私は生まれてきてよかったと思う」

ここではない遠い国で、その昔、人間の王子に恋をした人魚がいた。人魚の恋は報われなかったけれど、それは無駄ではなかった。

誰かを愛することは、何ひとつ無駄ではない。報われない想いでも、届かない想いでも、愛した記憶が残る。

「……はい。ライネ、生まれてきてくれてありがとうございます」

エヴェリーナは、心からの笑みを浮かべて愛しい王子にキスをした。


……――……――……


あの時計塔の事件から数日が過ぎ、エヴェリーナの耳にサザルガ侯爵が裁判にかけられるとの話が聞こえてきた。

サザルガ侯爵は、シュルヴィは自身の娘ではなかったと釈明したが、それが彼の罪を増やすことになったのだ。

侯爵家の血筋ではない者を、実の娘と偽ってライネの婚約者候補に仕立て上げたこと。そして、井戸の一件で投獄されたシュルヴィに、使いを出してライネとエヴェリーナの結婚を邪魔するようそそのかし、脱獄後も身の回りの世話をしていたこと。

王国の民たちは、その事実を知って怒り、悲しんだ。サザルガ侯爵のシュルヴィに対するあまりの冷酷非道な扱いに、そして不幸な生い立ちながらもライネに刃を向けたシュルヴィに、誰もがやるせない気持ちを抱いた。

「サザルガは、裁判を待たずに爵位を剥奪《はくだつ》された」

「え……っ……」

日中は公務に忙しいライネが、夜に寝室へ戻ってからそう教えてくれる。

当然のことではあるが、サザルガもまたこの国を支えていた有力貴族のひとりだ。爵位が剥奪されれば、領地の領民たちはどうなるのだろう。

「領地は一時的に王室が直轄することになる。おかげで、私の仕事が増えてしまった。エヴェリーナと過ごす時間が減るのも、サザルガのせいだ」

ライネが少しうんざりした表情を見せる。以前の彼に比べて、表情が豊かになった。彼もまた、過去を引きずって心を縛っていたのかもしれない。

「おそらく、裁判では王国民から除名されたのち、死刑になるだろう。自業自得とはいえ、なかなかつらい結末になってしまったな」

「……シュルヴィは、どうなるのでしょう?」

父であるサザルガの罪より、ライネを直接殺しかけたシュルヴィのほうが重罪に当たる。それは、法に詳しくないエヴェリーナでも想像に易《やす》い。

「それなのだが、彼女は――」

ライネの言葉に、エヴェリーナは息を呑んだ。

信じられない気持ちと、信じたくない気持ちが胸に渦《うず》を巻く。たとえ友人でなくとも、たとえ手を取り合うことはできなくとも、彼女とは同じ男性を好きになった間柄なのだ。もしも何かひとつ間違っていれば、ふたりの立場は逆転していたかもしれない。

「わたし、シュルヴィに会いたいです」

「エヴェリーナ、それは難しい」

「お願いです。シュルヴィに会わせてください。お願いします……っ」

シュルヴィ・サザルガは、心を喪《うしな》ってしまった。彼女は今、自身の名前もわからない状態になっている。

それを聞いたエヴェリーナは、ライネに懇願してなんとかシュルヴィと面会する機会を得た。当然だが、ライネがそばに寄り添い、騎士たちが付き添うことが条件だ。

療養所の寝台に手足を拘束された格好で眠るシュルヴィを見たときは、嗚咽《おえつ》が漏れた。哀れんだわけではない。彼女もまた、幸せになりたかっただけだと思うと、言葉にならない悲しみが心を支配した。

「シュルヴィ、わたしよ。エヴェリーナよ」

「あー、あー……」

宙を見つめる彼女の瞳は、現実を見ていない。エヴェリーナの声に反応して何かを言うが、それは言葉を成していない。

「……わたし、あなたのことを嫌いではなかったわ。もちろん、嫌がらせをされたときは面倒だなと思ったけれど、別にだからといって嫌いではなかった。だから、井戸に落とされたことは、謝ってもらったらそれでおしまいにしたいと思っていたの。なのに、もうわたしのこともわからないの……?」

泣き崩れたエヴェリーナに、ライネがそっと手を貸してくれる。

父であるサザルガのたくらみとは別に、シュルヴィのライネへの好意は真実だった。少なくともエヴェリーナはそう思っていたが、彼女はもうライネのこともわからないようだった。

「……シュルヴィは、どうなるのですか？　この状態で、裁判にかけて死刑にするのですか……？」

すでに、彼女は罰を受けている。その心は現実から遠く、誰の声も届かない場所にあるのだ。

「裁判を行わないわけにはいかないだろう。私に刃を向けた彼女を、多くの人々が見ている。無罪放免すれば、それは私の命を価値のないものとして認めることになるからだ」

ライネの言っていることが、わからないわけではない。至極まっとうだと思う。それでも、シュルヴィは裁判すら理解できないに違いない。

「だが、裁判には私も口添えしようと思っている。減刑したとしても、国外追放がせいぜいだろう」

このまま島から追い出せば、シュルヴィは死んでしまう。今の彼女が、自分のちからで生きていけるとは到底思えなかった。

「あら、だったらアタシが連れていってあげるわよ」

唐突に、軽やかな声音が響く。

「マリッカ⁉」

「はぁい、おひいさまったらずいぶん泣き虫ねえ」

騎士服を纏う男は、そう言って笑って見せる。なぜマリッカが騎士のかっこうをしているのか。そして、なぜこんなところに同行しているのか。

「……きみが泣くのがわかっていた。だから、シュルヴィを救う道を私なりに模索した結果だ」

驚きに目を見開くエヴェリーナに、ライネが片頬だけで微笑む。

「救う……道……？」

「そうよぉ。アタシね、そろそろこの島にも飽きてきちゃったの。だから、どこかの海にいい住まいを見つけようと思って。あの子、国外追放しても危ないじゃない？　だから、アタシが連れていくのがいいんじゃないかしら？」

「でも、シュルヴィは人間で、海の底では暮らせないわ」

「あらあら、おかしなことを言うのね」

マリッカが、大仰に驚いた顔をする。それを見て、エヴェリーナは思い当たった。

人魚を人間に変えられるマリッカならば、人間を人魚にすることも可能なのかもしれない、と。

「シュルヴィを、人魚に……？」

「海乙女は、生まれながらの神の使いだもの。それはできないわよ。だけど、海で暮らせる薬を与えることはできる。アタシ、こう見えてもかなり高位の魔法使いなのよ？」

もし、そうだとしたら。

シュルヴィは、静かな海の底でいつか心を取り戻すかもしれない。そのとき、彼女は自分のしてきたことに向き合うことになる。

——心が戻らなかったとしても、人間の世界で生きていくより、今のシュルヴィには海が優しいはずだわ。

かつて、人魚だったエヴェリーナだからこそ、わかることもある。

海はすべての始まりであり、終わりの場所なのだ。

「……連れていってあげて、マリッカ」

ほんとうならば、エヴェリーナが勝手に決められることではないと知っていた。それでも、実の母はすでに亡くなっていると言ったシュルヴィの言葉を信じるなら、彼女にはもう誰もいないのだ。

「そうね、連れていってあげましょうか。そうして、いつかあの子が心を取り戻す日が来たら、そのときはこっそりおひいさまに連絡してあげる」

頷いたマリッカに、ライネが眉根を寄せた。

「なぜ、こっそり連絡する必要がある。私の見えないところでエヴェリーナと会おうとするな、魔法使い」

彼の声は、エヴェリーナに話しかけるときに比べて、かなり冷淡だ。

——え？　まさか、そんなことはないと思うけれど……

以前、ライネがマリッカに嫉妬していると言った日のことを思い出す。だが、マリッカはこのとおり心が女性ではないか。嫉妬する必要などどこにもないというのに。

「いやぁね、王子サマ。アナタって心が狭いわぁ」

「うるさい。私はおまえと契約を交わしたが、それはあくまでエヴェリーナを幸せにするのに必要だったからだ。あまり親しげに声をかけてくるな」

「ちょっと、聞いた？　おひいさま、アナタこんな男と結婚していいの？」

「え、えっと……」

当惑するエヴェリーナの前で、ライネとマリッカが妙な火花をちらしている。なぜこんなことになったのだろうか。

「エヴェリーナは私の妻だ」

「まだ結婚してないじゃなぁい」

「心はとうに娶っている！」

「あらやだ、体のほうもお済みでしょ？」

「彼女をそんな目で見るな‼」

——ライネったら、ほんとうにマリッカに嫉妬してるんだわ。でも、マリッカはどう見てもわたしにそういう気持ちがありそうではないし……

「エヴェリーナ、きみからも言ってくれ」

「おひいさま、なんなら一緒に海に帰る？」

同時にふたりから声をかけられて、エヴェリーナは涙の乾いた顔で微笑む。

「喧嘩するほど仲が良いって、こういうことですね」

「「違う‼」」

異口同音ののち、彼らは目を合わせ、直後に顔を背けた。

「えーと……息はぴったりみたいです」

悲しみが永遠に続くことはない。

シュルヴィにもいつか、そのことに気づく日が来ることを願って、エヴェリーナは病室の窓から空を見上げる。

背後では、今もまだライネとマリッカが言い争いをしているが、それもまた一興――なんて言ったら、きっとライネの機嫌はすこぶる悪くなるだろう。

お人好しで楽天家の元人魚は、うっすらと感じる潮の香りを吸い込んで、ライネとマリッカの声に耳を傾けた。

・・・・・・・・・・・・・・・・・・

再度の結婚式は、サザルガ一族とシュルヴィの裁判が終わるのを待つことになった。ライネはひどくがっかりしていたが、王子の命を狙うような事件だったのだから、仕方ないことだ。

裁判でサザルガ元侯爵は、どうしてもエヴェリーナの父に勝ちたかったことを一連の事件の原因として挙げた。父とサザルガの間には、若い頃からいくつもの確執があったそうだ。

騎士団長を務める、逞しい父。彼が涙をこぼす姿を、エヴェリーナは初めて見た。敵対しあってきたサザルガを、父はよきライバルと思っていたのだ。サザルガの起こした事件に、父は自身に一因があるとし、騎士団を引退することを決めた。

サザルガ元侯爵は極刑、また本件に関わったシュルヴィ以外の家族、協力者は全員永久国外追放となった。

そしてシュルヴィは、裁判の席に立つこともなく姿を消した。ライネとマリッカが情報を集め、各方面から検討した結果、彼女の極刑は免れないということが判明したためである。

シュルヴィのしたことは許されることではないが、今の彼女に責任能力があるとも考えられない。そう言って、ライネはマリッカが彼女を連れていくことに目を瞑《つぶ》った。

ライネにその決断をさせたのが自分だと、エヴェリーナは理解している。ほんとうならば、将来的に国を治める彼が、そのような甘い判断を下すのがどれほど危険なことか、エヴェリーナにもよくわかっていた。

わずかな罪悪感は、今も胸に残る。

それでも幸せになりたいと、愛する人を幸せにしたいと、心から思う。人間は、すべてに線を引き、ここから向こうだけが正しいことだと決めることはできないのだ。少なくともエヴェリーナはそう考えている。

「おいで、エヴェリーナ」

結婚式までの日々、ライネはエヴェリーナを同じ寝台で抱きしめて眠るものの、決してキス以上のことをしようとはしなかった。

彼もまた、穏やかな笑みの下に懊悩を抱えている。王子として、ひとりの人間として、そしてかつて愛した女性を喪《うしな》った者として、ライネが何を考えているのか、すべてを知ることはできない。

「おやすみのキスをしてくれるかい？」

「ええ、喜んで」

燭台の明かりに包まれて、ふたりは婚約者として最後の夜を迎えた。

明日、改めてライネとエヴェリーナの結婚式が行われる。

……┃……┃……


時計塔の正面に、色とりどりの生花でできたアーチが設置されていた。それは、サンテ・ニモネン王国における、結婚式の慣習だ。

抜けるような青空と、遠くに輝く海岸線、そして集まった人々の笑顔。

今日この日を迎えられ、エヴェリーナは言葉にできない喜びを感じていた。

ライネは、式の最中に何度もエヴェリーナに微笑みかけてくれる。その瞳は、左右の色が異なって、もう戻ることはない。

それでも、未来がある。

「愛しているよ、エヴェリーナ」

長い長い恋が、今ここに成就する瞬間を迎え、エヴェリーナはライネに微笑みかけた。彼とだから、ここまでたどり着くことができた。前世のふたりの悲劇を塗り替えることができたのだ。

「ああ、きみは困った顔が最高だと思っていたけれど、笑顔もたまらなく魅力的だ」

「ライネったら、こんなときにやめてください……っ」

「それに懊悩する顔も可憐で、私に貫かれて痛みをこらえる顔も人生でただ一度しか見られない芸術的な美しさだった。今夜は、あのときほど苦しくはないのだろうか。だとしても、きみが美しくてかわいらしくて、愛しくてたまらないのになんら違いはない」

――いや、ほんとうにこんなときに何を考えているんですかっ⁉

引きつりそうになる笑顔を、エヴェリーナはかろうじて保っている。

参列者たちに、王子が変態だと知らしめる必要はないのだ。

「それと、申し訳ないと思うのだが、きみの泣き顔を見ると私は情欲を抑えきれない。なので、実は先ほどからかなり危険な状態だ」

式に感極まって涙をこぼしたエヴェリーナに、ライネはひどく欲情しているということなのだろう。だが、それはこの場で言わずともよいはずだ。

「ライネ、落ち着いてくださいね？」

「寝室まで、我慢できるだろうか。きみを抱きたくて仕方がないから、食事会は欠席したいというのは――」

「もちろん却下です」

――今、結婚式ですよ。クライマックスなんですよ⁉

若干当惑に笑顔のひきつる花嫁を、ライネは蕩けるような微笑みで包み込む。

「きみに私の生涯を捧げると誓う。永遠に愛している」

重なる唇は甘く、けれどどこかほろ苦さを含んでいる気がした。恋い焦がれた王子が少しばかり特殊な性癖を持っていたことを知らなかった前世の人魚は、幸せだったのかもしれない。

そして、鐘が鳴る。祝福の鐘は、何度も何度も鳴り響く。海に響く音色が、いつしか空へ溶けていく。

エヴェリーナは、そっと彼の背に腕を回した。

時計台の前に集まった参列者たちが一斉に拍手喝采、そしてマリッカのいなくなった楽団が祝福の音楽を演奏する。

「わたしも、永遠にライネを愛しています。もしこの命が尽きても、またきっとあなたと出会えることを祈って――」

・・・・・━・・・・・・・・・・━・・・・・・

夜の帳《とばり》が、レ・クセル宮殿を包み込む。

船上でなくとも、この国はいつも波音が聞こえていた。

「エヴェリーナ、おいで」

入浴を終えた新妻は、婚礼衣装を模した純白のナイトドレスにガウンを羽織り、うつむきがちに彼の呼ぶ寝台へ歩いていく。

――初めてではないのに、どうしてこんなに緊張してしまうの……？

「ライネ、あの……」

「うん？」

寝台に座る彼は、エヴェリーナを見上げて静かな声で続きをうながした。

「ごめんなさい、わたし、なんだかとても緊張しているんです」

そんな彼に、深く頭を下げる。彼が今夜をどれほど楽しみにしていてくれたのか、結婚式の最中に卑猥なことを言い出したあたりで気づいていた。

いや、ライネだけではなくエヴェリーナも、もう一度ライネに触れられたいと、ずっと望んでいたことではあるのだ。それなのに、初めてのときよりさらに緊張し、手足がこわばっている。

「顔を上げてくれ」

「は、はい……」

ライネは、両腕をこちらに向かって広げた。それが何を意味するかわからないほど、エヴェリーナももう子どもではない。

「……ライネ」

広い胸に顔を埋めると、彼がしっかりと抱きしめてくれる。どこか懐かしくて、それでいて泣きたいくらいにせつなくて、エヴェリーナは幸福のすべてがライネなのだと感じていた。

「緊張しているきみも愛しい。だが、緊張しているだけではないのだと、ちゃんとわかっているよ」

長い指が、背骨をつうとなぞる。ひと撫でされただけで、エヴェリーナは体を震わせた。

「だいじょうぶ、もう怖いことは何もない。これからきみを感じさせて、泣かせて、笑わせて、幸せにする。それはすべて、夫である私の権利だ」

ああ、とエヴェリーナは思う。

この人を愛することだけは、きっとどんなことが起こってもやめられない。命を絶つことができても、心を絶つことはできないのだ。

「わたしも……がんばります」

「エヴェリーナ？」

「わたしもライネを幸せにしたいので、がんばらせてくださいっ」

エヴェリーナは寝台の下に膝をつき、ライネの腰のあたりに顔を寄せる。

積極的すぎると思われるかもしれない。その不安は、まだ少し残っている。けれど、彼がこれまでどれほど自分のために心を尽くしてくれたのかを思うと、エヴェリーナも少しでもライネに喜んでもらえることをしたかった。

「エヴェリーナ、きみは何を……」

「っっ……、おいやですか？」

はだけたガウンの下から、すでに半分ほど勃ち上がったものに、そっと指先で触れる。想像していたより、それはすべらかな表面をしていた。

「は……っ……、いやなわけがない。だが、きみはいいのか？　無理はしなくてもいいんだ」

「ライネに、喜んでもらいたいんです。それがわたしの幸せですから」

おずおずと劣情を手で包み、エヴェリーナはその先端に舌を寄せる。彼がしてくれたときのことを思い出しながら、ちろちろと舌先を動かした。

「く……、ああ、エヴェリーナ、なんてかわいらしい動きをするんだ。恥じらいが舌から伝わってくる」

「駄目、ですか……？」

「馬鹿なことを。よすぎて駄目だということはあるかもしれないが、きみのしてくれることならすべて嬉しいに決まっている」

黒髪を片手でかき上げて、ライネが甘美に微笑む。

「だが、そうだな。私だけが愛されるより、きみと愛し合いたい」

「愛し合う……」

それが何を意味するかはわからないが、エヴェリーナが彼との関係に望んだことと同義ならば。

「はい。あの、どうすればいいのでしょう？」

「おいで」

立ち上がると、ガウンとナイトドレスが脱がされる。一糸まとわぬ姿に、エヴェリーナの頬がかあっと熱くなった。

ライネにうながされるまま、エヴェリーナは寝台に膝立ちになる。すると、彼は仰向けに横たわった。

「私の顔のほうに、おしりを向けてごらん」

「っっ……!?」

「きみが私を舐めてくれるのなら、私も一緒に舐めさせてほしい。それだけだ。いけないことか？」

想像するだけで、その淫らなかっこうに体が熱を帯びていく。つまり、ライネの顔を跨いで自分から秘所を彼の前に晒せということだ。

「………わ、わかりました……っ」

意を決して、エヴェリーナは言われたとおりに彼の顔を跨ぐ。まだ触れられてもいないのに、柔肉の内側が濡れているのがわかった。

「きみの体は、なんて無垢なんだろう」

雄槍に顔を近づけ、手のひらで撫でながら、先端にくちづける。

「あの婚約発表の夜、私はきみに自分の形が残ることを願って、何度も何度も抱いたつもりだ。それなのに、このいとけない秘所は、もうぴったりと亀裂と閉じあわせている」

「そ、そんな……わかりません……っ」

「わからない？　ならば、今夜は何度もきみの中を往復したあと、私のものを抜き取るとどんないやらしいことになっているか、ちゃんと教えてあげよう」

懸命に大きなものを咥《くわ》えようと、口を開けた。けれど、エヴェリーナの口に入るのは亀頭のほんの先端部分だけ。どうしても、それ以上うまく頬張れない。

「ああ、先のほうがあたたかい。きみの口の中に私を閉じ込めてくれたんだね」

「んっ……ん、ぅ……」

「さあ、ぞんぶんに愛し合おう。我が愛しの花嫁」

柔肉が、ライネの指で左右に広げられる。すると、すでに濡れた蜜口が彼の吐息を感じてしまう。

「っっ……、ん、んんっ……」

「は……っ……、そんなに舌を激しく動かして、エヴェリーナはかわいい子だ。私もお返ししなくてはな」

ぬる、と蜜口に何かが入ってくる。指ではない。

もっとやわらかくて、濡れていて、熱い。弾力性のある――

「きみのここに、私の舌が入った。わかるかい？」

――う、嘘、そんなところに……！

蜜口が、ひくんっと収斂する。ライネの舌が引き絞られて、いっそうその存在を強く感じた。

狭い内部を、舌先がくにゅくにゅと蠢く。その動きに、エヴェリーナは腰を左右に揺らしながら、ライネの灼熱を一心不乱にしゃぶる。

「ああ、私の妻はなんていやらしくてかわいいんだ。エヴェリーナ、気持ちがいいよ。それに、ここも膨らんできた」

つん、と花芽を弾かれて、こらえきれず彼のものから口を離した。

「やぁ、ぁっ……ん！」

「おや、まだ剥いてもいないのにそんなに感じてくれるとは。きみの体が快楽に馴染んできた証拠だな」

「ライネ、ん、ああ、お願い、あまりさわられると、舐められな……あ、あ！」

当初、半勃ちだったライネの剛直は、今ではすでに反り返るほどの逞しさを見せている。硬く太いそれは、気を抜くとすぐに口から飛び出してしまうのだ。

「愛し合うからには、エヴェリーナもがんばってくれるだろう？」

そう言われると、できないとは言えない。互いに一方的な愛情を持つのではなく、これからは双方向に愛し合うのだ。だから——

「んんんっ……、ん、ふ、ぁぁ……っ」

けれど、エヴェリーナがライネのものを口に含むたび、彼は指と舌の動きを速める。ささやかな意地悪に、必死で抵抗しようとするものの、感じるほどに自分の体を律することができなくなっていく。

「ほら、エヴェリーナ、もっと私を愛してくれていいんだよ？」

「う、う……、がんばります……っ」

「そうだね。がんばっておくれ。私も、精いっぱいきみを愛そう」

小さく開いた蜜口に、彼の指が二本埋め込まれた。内壁を押し広げられる感覚は、舌よりも指のほうが強い。

「ライネ……っ、そこ、駄目……っ」

「ここか？」

彼が舌先を花芽にあてがい、前後にゆするようにして動かした。

「ぁ、あああん、駄目、駄目ぇ……」

「ああ、駄目だ。こんなにかわいらしいところを、舐めずにいるなんてできない」

恥ずかしさから、腰を浮かせようとする。けれど、体の奥深くからこみ上げる衝動が、彼の愛撫を欲して、自分から腰を揺らしてしまう。

「じょうずだ。もっと感じるところに私を導いてごらん」

「やぁ、あ、いいの、気持ちよくて、おかしくなる……っ」

寝室には、ふたりの浅い呼吸と甘く濡れた淫靡な水音が響いていた。

——どうして、こんなに感じてしまうの？　わたしがライネを好きだから？　それとも……

「エヴェリーナ？」

「ライネ、は……こういうことを、ほかの人とも……」

経験値の差が、エヴェリーナの快楽を強く引き出しているのだとしたら、それは悲しい。現に、彼は前世でも結婚していた。

「前世で、私があの口のきけない娘を愛していたと気づいたのがいつなのか、教えよう」

「え……？」

隘路に埋め込まれた指が、それまでとは違う激しい抽挿でエヴェリーナを責め立てる。

「あ、ああっ、待っ……」

「結婚初夜、私は妻の体にいっさい反応しなかった。それどころか、何をしても彼女のことばかり思い出して、結婚そのものが間違いだったのではないかと考えた」

淫靡な音と、体の内側を撹拌《かくはん》される快楽に、エヴェリーナの蜜口からは夥《おびただ》しい液体が溢れかえった。それは、ライネの指を濡らし、手首までしたたり、彼の口のまわりに飛び散る。

「きみしか、知らない」

「ライネ……っ」

「私が抱いたのは、きみだけだ。エヴェリーナ」

腰骨のあたりに、ぞくりと甘い予感が訪れた。それが果てへの誘《いざな》いだと、エヴェリーナの体は知っている。

「あ、あっ、駄目、もう、もう……っ」

「きみが私しか知らないのと同じだよ。だから、素直に達してごらん」

目の前にあるものを、思わずぎゅっと握りしめた。かすかにライネが呻く声がし、握ったのが劣情だと気づく。けれど、もう手を離すこともできない。今にも達しそうな体が、エヴェリーナの自制を奪っていた。

「ああ、あああ、駄目ぇ……っ、イッちゃう、もう、あ、あっ……！」

「く……っ、そんなに強く握って……ああ、エヴェリーナ！」

亀頭の先端から、透明な先走りが玉となってこぼれる。

彼の指を蜜路できゅうと食いしめて、エヴェリーナは無意識に彼の灼熱に吸い付いた。ちゅう、と吸い上げるとわずかに苦味と塩気がある。けれど、それは一瞬で口の中に溶けていった。

「この体勢は、ずいぶんもどかしい。エヴェリーナ、もっときみを味わいたい」

「ん、んんっ……」

ちゅぽん、と音を立てて、エヴェリーナの口からライネの肉茎が飛び出す。

「や……もっと、わたしもしたいです。ライネに気持ちよくなってもらうまで……」

「それは無理な相談だ」

エヴェリーナを抱き寄せて、彼が低く笑った。

「私の子種は、きみの膣内《なか》に注がせてもらうつもりだからな」

鼓膜を舐るような、甘い声。

耳元で彼が囁くだけで、達したばかりの体はさらなる快楽を求めて淫らにうねる。

「な、なかに……？」

「そう。前回は、さすがに結婚前だったからね。そこは遠慮しておいた。だけど今夜からは違う。毎晩きみの深いところに精を注ごう。きみの中が私の香りになるまで——」

淫猥な言い回しに、恥ずかしさよりももどかしさを感じ、エヴェリーナはもぞもぞと内腿をこすり合わせた。

「もう、想像したのかい？」

「っっ……ち、違います……っ」

「素直になってごらん。ほんとうは、私に注がれるのを想像した。そうだろう？」

ごくり、と喉が鳴る。

「……し、ました……」

「エヴェリーナ、聞こえないよ？」

「し、しました。ライネにたくさん突き上げられて、奥深くに注がれるのを、想像しました……っ」

自分が、こんな淫らなことを口にするだなんて信じられない。だが、声に出して伝えると、体はいっそう彼を欲する。甘い蜜は、太腿を伝って敷布まで濡らしはじめた。

「は……、きみはなんてかわいいんだ。私を狂わせる天才だ」

「ライネ……、あ、きゃあっ……!?」

ぐいと腕を引かれ、エヴェリーナの体はライネの下敷きになる。すでに激しく昂ぶっている劣情が、鼠径部をこすった。

「ほんとうは、もっと時間をかけて抱くつもりだった。それなのに、きみのせいで我慢できない」

「わ、わたしのせい……?」

「そうだよ。きみが恥ずかしそうにあんなことを言うから、ますます私は興奮してしまう。この欲望を責任持って受け止めておくれ」

膝をつかまれ、白い脚を左右に大きく割られる。恥ずかしくはあるけれど、これは前回と同じだ。そう思った直後、エヴェリーナは自分の油断に気づいた。

「や、やだ……っ!!」

開いた脚が、そのまま大きく持ち上げられる。腰が寝台から浮き、秘所が天井を向くかっこうだ。

「ああ……、たまらないよ、エヴェリーナ。その泣きそうな顔、ますます昂ぶってくる……!」

彼の声に恍惚とした響きが混ざる。何しろ、ライネは前世の人魚が痛みをこらえて歩くときの表情に興奮するのだ。泣きそうな顔をすれば、いっそう悦ぶのはわかっていたのに。

――でも、こんなはしたないかっこう……！

ぶるぶると両膝が震えていた。それは羞恥によるものか。あるいは、これから与えられる快楽への期待なのか。

「かわいいエヴェリーナ。きみの小さな入口を、今から私のもので埋め尽くしてしまおう」

「ぁ……、ぅ、う、ああ、あああっ！」

張り詰めた亀頭が、蜜口に押し当てられる。しかし、濡れた柔肉が彼のものをすべらせ、切っ先は花芽を引っ掛けるようにこすれた。

「あう……っ……、や、ああ、あ」

「すまない。うまく入らなかった。もう一度……」

「やぁぁ……っ、駄目、そこ、こすらないで……っ」

「ああ、また失敗してしまったな」

だが、彼の声には愉悦の響きが感じられる。失敗したのではなく、わざとエヴェリーナを焦らしているのだ。

「ひ、ぁ、ああ、やぁ、ライネ、あああんっ」

「こすれているうちに、花芽がこんなにいやらしく腫れてしまった。真っ赤に充血しているね」

「見ないで、見ないで……っ」

「かわいいエヴェリーナ、見られるとますます感じるのかい？　ほら、こんなにぷっくり膨らんでいる」

亀頭のくびれが、エヴェリーナの花芽をいたぶる。甘い痺れに、蜜口の収斂が止まらない。

「駄目、それ……い、イッちゃう、から……」

「そうなのか。では、もう一度達したきみをいただくとしよう」

「っっ……!? あ、やああ、ぁ、あ、んっ」

それまでとは違い、ライネは腰を使って花芽を何度も何度もこすり立てる。あふれた媚蜜がまぶされて、トロトロに濡れた亀頭でこすられると、得も言われぬ快感が全身に伝わっていく。

「は、はっ……ぁ、ああ、もう……っ」

「ああ、エヴェリーナ、きみがかわいすぎて我慢できない……っ」

「ん、んん、ぅ……っ、ああ！」

つま先にきゅっと力が入り、エヴェリーナは全身で快楽の果てを受け止めた。だが、それと同時にライネが蜜口に剛直をめり込ませてくる。

「！ ひ、ぁ、ああ、やぁぁあ……っ」

「なんて狭いんだ。初めてのときと同じくらい、まだきみの膣内《なか》はきゅうと締めつけてくる。エヴェリーナ、もっと奥まで受け入れてくれるね……？」

真上から雄槍で貫かれ、エヴェリーナは磔《はりつけ》の蝶《ちょう》のごとく身動きを封じられていた。みっしりと押し広げられた隘路は、ライネの剛直の逞しさを思い出す。けれど、想像していたよりもさらに太いのはなぜか。

「もう……これ以上、入らな……」

先端は、すでにエヴェリーナの子宮口まで届いていた。けれど、前回と異なる体位だからこそ、彼の劣情がまだ長さを残しているのが見えてしまう。

ライネのそれは、根元がひときわ太くなっていて、すべてを受け入れるのは到底無理に思えた。

「さて、それはどうかな」

ぐ、ぐぐっと腰が押し込まれる。体が寝台に沈み、内臓を押し上げられるほどの圧迫感に、エヴェリーナは声にならない声をあげた。

──駄目、これ以上は駄目。壊れてしまう……っ！

「ああ、そんなに締めつけて、私をすぐに搾《しぼ》り取るつもりか」

「違……、ぁ……ぅう、んっ」

「少し動かすよ。力を抜いてごらん」

もう何も考えられない。ライネは、自身の分身をエヴェリーナの中に挿入することで、体の制御を奪っているかのようだ。

隙間なく隘路を埋め尽くす肉茎が、上下に抽挿する。引き抜かれると、蜜口がめくれ上がっている気がした。それほど、彼のものが大きすぎて。

二度三度と腰を突き上げられ、それだけでまたも絶頂の予感がこみ上げる。

「ぁ、あ、ライネ、わたしもう……」

そう言いかけたとき、彼がひと息に雄槍を抜き取った。

「っっ……！　ひ、ぁあ、あ……っ」

締めつけるものを失い、エヴェリーナの蜜口がぱくぱくと開閉する。

「ほら、私を一度咥えた直後だと、きみのここはぱっくり口を開けている。女性の体は不思議なものだ。なにしろ、こんな小さなところでこれを受け入れてしまうのだからね」

「……ゃ、ライネ、いやぁ……」

達しかけたところで抜き取られては、もどかしさに耐えられない。エヴェリーナは、涙声で彼の名を呼んだ。

「エヴェリーナ、どうしてほしい？」

「ライネの、くださ……っ、わたしの中、からっぽにしないで、いっぱい、ライネで……」

「満たしてほしいんだね？」

背骨をぞくりと震わせる、彼の声。

エヴェリーナは、涙目で二度三度と首肯する。

「次は、最後までやめてあげられないよ？」

「最後……最後まで、して……やめないで……」

「ああ、もう完全に蕩けた表情をして。こんなかわいいおねだり、断れるはずがない」

ぎち、と狭い蜜口を彼の怒張が押し広げた。

「っっ……、ひ、ぁああ、あ！」

「いちばん奥で注がせてもらう。私は、きみにしか欲情しないんだ。きみにだけ、私の子を孕ませたくなる……っ」

濡襞が、一気に最奥までライネを受け入れた。先ほどよりも、深くまで穿たれている。

「なか……っ……や、抉らないで……っ」

「言っただろう。いちばん奥で注ぐと」

薄く笑みを浮かべ、ライネが腰を動かし始めた。体の内側から、打擲音が全身に巡っていく。律動に合わせ、呼吸が上がるのがわかった。

「ぁ、ああ、あっ」

「エヴェリーナ、引き抜くたびにきみがすがりついてくる」

「や……知らな、あ、ああ」

「もう我慢できない。最後まで、きみは私だけのものだ」

加速する抽挿に、エヴェリーナは断続的なあえぎを漏らす。こすれ合う互いの敏感な部分が、これ以上ないほどに密着していた。

「ライネ……っ、好き、ずっと、あなただけを好きです……っ」

「は……、そんなかわいいことを言って。もっと激しく犯されたいのかい？」

「あなたの与えてくれるものなら、なんだって……」

それから、どれほどの時間が過ぎただろう。何度果てたのかもわからない。蕩けきった体が、いつしかライネの劣情を根元まで咥え込んでいた。

「全部……ん、ぁ、ああ」

「そうだ。全部入った。きみが私を受け入れている。かわいいエヴェリーナ。このまま、きみを孕ませたい」

したたる汗とかすれた声。彼も限界が近いのだ。寝台がきしむたび、子宮口に先端がめり込んでくる。グリグリと奥をこすられると、頭の天辺まで突き抜ける佚楽に目がくらんだ。

「ああ、あ、もう駄目だ。終わりたくない。なのに、きみの中にすべてを放ちたい」

「来て……、ライネ、全部、わたしに……」

「く、っ……」

奥を重点的に突き上げて、ライネがひときわ強くエヴェリーナを突き上げる。

「っっ……、ぁ、あ、ゃああ、あ、あぅ……っ」

細い体は、寝台の上でびくんびくんと四肢を痙攣《けいれん》させ、指の関節が白くなるほど敷布に爪を立てた。

それは、とても不思議な感覚だった。

自分の中に、ライネの熱い白液が注がれていく。じゅわりとあたたかく、それでいてひどく心もとない。

迸る白濁をこぼさないとばかりに、エヴェリーナの蜜口は雄槍の根元を引き絞った。

「は……すべて、きみに。私の愛情は、きみだけに注ぐよ、エヴェリーナ」

汗で濡れた黒髪をかき上げて、ライネが幸せそうに息を吐く。

「ライネ……大好き……」

あえぐ唇を軽く重ねて、ライネがぎゅっとエヴェリーナを抱きしめた。裸の胸が重なり、いつもより強く彼の鼓動を感じる。

「もう、離さないで……」

そこで、エヴェリーナの意識は途切れた。

彼を咥え込んだまま、蜜口はまだひくひくと淫靡な収斂を続けている。

「永遠に、離さない。きみが離してと言っても、絶対に」

薄いまぶたにキスを落として、ライネも彼女を抱きしめたまま目を閉じた。

・・・・・┃・・・・・・・・・・┃・・・・・

「それでね、おじいさまったら騎士団長をやめたから、これからはおばあさまとふたりで、いろんなところにおでかけするんですって」

五番目の姉の末娘は、四歳になったばかりのおしゃべりが大好きなトゥーリア。先日、結婚式で宮殿に来たときに初めて顔を合わせたのだが、エヴェリーナにとてもなついている。

「悪いわね、エヴェリーナ。まだ忙しいでしょうに、この子がわがままを言って」

「ティルダ姉さま、わたしもトゥーリアに会いたかったから嬉しいのよ。それに、お父さまのことも気になっていたんですもの」

サザルガ元侯爵事件において、父は自分から騎士団長を辞《じ》した。ちょうどエヴェリーナが結婚した時期と近かったため、姉妹たちは父ががっくりきていないか心配し、連絡を取り合っていた。そこに、ティルダの末娘が、またエヴェリーナに会いたいと言っているという手紙をもらい、今日は実家に集まったのである。

「ねえ、エヴェリーナ叔母さま、わたしも王子さまとけっこんしたい。どうしたら王子さまとけっこんできるの？」

「え、それは……」

偶然、歳の近い王子がいれば、貴族の娘なら婚約者候補になる。そういったやり方について、今回のサザルガ元侯爵事件は波紋を落とした。今なお、今後の方針については話し合いが行われている。

そうはいえども、王族が市井から花嫁を迎えるわけにもいかず、貴族の中から適齢の娘を選ぶ以外、現状方法はないとされていた。

「じゃあ、エヴェリーナ叔母さまはどうして王子さまとけっこんできたの？」

——前世で出会っていたから、なんて言えないわね。

小さく笑ったエヴェリーナに、トゥーリアは「ねえ、おしえておしえて」とドレスにしがみついてくる。

「エヴェリーナと私は、運命の赤い糸で結ばれていたから結婚したんだよ」

「赤い糸？」

そこにやってきたのは、父の書斎で古い書物を見ていたはずのライネだ。

「そう、赤い糸。人は、小指に見えない赤い糸が巻かれている。そのつながる相手が、運命の相手だ。トゥーリアの運命も、この小指が決めるのかもしれないね」

ふわりとやわらかな笑みを浮かべたライネは、記憶を取り戻す以前のエヴェリーナが見ていた、何を考えているかわからないミステリアスな雰囲気がある。

「ええー、見えないのにどうして赤い糸だってわかるの？」

「トゥーリア、殿下にそのような口のきき方はいけませんよ」

ティルダが慌てて娘を抱き寄せた。しかし、トゥーリアは両手をバタバタと振り回し、ティルダの腕から逃げ出してしまう。

「ねえ、殿下、トゥーリアも王子さまとけっこんできる？」

少女にとって、ライネとエヴェリーナの結婚式はよほど憧れの対象だったらしい。ライネは少し考えてから、膝を曲げてトゥーリアと視線の高さを同じくする。

「トゥーリアは四歳になったんだね」

「うん、四歳」

「では、エヴェリーナによくお願いしておくといい。もしかしたら、王子さまを産んでくれるかもしれないよ」

「えっ、ほんとう？　エヴェリーナ叔母さま、王子さまをうめるの？」

突然、話の矛先が自分に戻ってきて、エヴェリーナは長い睫毛を瞬《しばたた》かせる。

「そ、そうね。もしかしたら、そうなるかもしれないわね」

「わあ、じゃあ、そのときにはトゥーリアの小指と赤い糸でむすんでくれる？」

「もう、トゥーリア、いい加減になさい。あまりわがままを言うと、エヴェリーナ叔母さまはもう遊んでくれなくなるかもしれないわよ」

「そんなのやだ。トゥーリアは、エヴェリーナ叔母さまみたいに白いドレスでけっこんしきするんだもの！　お母さまのいじわる！」

イーッと歯をむいて、少女がティールームから廊下へ駆けていく。

「待ちなさい、トゥーリア！」

それを追いかけて、ティルダが部屋をあとにした。

残されたエヴェリーナは、ほんの少し困った表情でライネを恨めしげに見上げる。

「ライネがあんなことを言うと、トゥーリアは信じてしまいますよ？」

「それは、どの話についてだい？　赤い糸の話か、それともエヴェリーナが王子を産んでくれるかもしれない話か……」

「ど、どちらもです！」

「だとしたら問題ない。どちらも間違ったことは言っていない」

うっすらと頬を赤らめるエヴェリーナを見て、ライネは満足そうに目を細めた。ふたりきりになると、とたんに表情が変わるのだから、彼はなんとも器用だ。

「それとも、かわいい人魚になるところから始めるように言うべきだったかい？」

耳元に顔を近づけて、ライネが小声で問うた。耳朶に吐息が触れて、エヴェリーナはびくっと肩を震わせる。

「ああ、すまない。きみはとても敏感だから、私の息ひとつで感じてしまうんだった」

「さ、さっきから、なんだかとっても意地悪です！」

「それはきっと、きみが私を置いて、ひとりで実家に来ようとしたせいだろう」

先日、ティルダと手紙のやりとりをし、実家で会うことを決めた。その際に、エヴェリーナはライネは公務があると聞いていたので、あえて彼を誘わなかったのだ。

——そのことをずっと根に持っていただなんて！

九歳上の夫は、ときに盛大な独占欲を発揮する。

「そういえば、父はどうでしたか？」

「ああ、レミネン侯爵とは旅行先についていろいろと話してきた」

これまで、騎士団が何より優先だった父だが、母と旅行に出かける予定を立てているというのはほんとうだったらしい。

もとより仲睦まじい両親だが、子どもたちが皆嫁いだあと、こうしてふたりの時間を満喫するというのは憧れる。

「私たちも、いずれはそういう未来を迎えたいものだね、エヴェリーナ」

「ライネとだったら、旅行も楽しそうです」

「そのためにも、早々に跡継ぎを産んでもらって、息子が二十歳になったら私は王位を譲るというのはどうだろうか」

「……それは生まれてくる息子に負担が大きすぎます！」

エヴェリーナの返事に、ライネは楽しそうに笑い声をあげる。しかし、次の瞬間、彼は自分の身分も忘れたのか、エヴェリーナの前に片膝をついた。

「なっ……、ライネ、何を……」

「我が愛しの妃よ、今夜もぜひきみを心から愛することをお許しいただけますか？」

「冗談はやめてくださいっっ」

「私はいつも本気だが？」

「うう……、そんなことといちいち確認されることではありません……」

白手袋の指が、エヴェリーナの手をそっとつかむ。そして、指先に軽く唇で触れた。

ちょうどそのタイミングで、ティールームの扉が開く。そこに立っていたのは、先ほど走っていったトゥーリアと、それを追いかけたティルダである。

「あっ！　キスしてる！　お母さま、殿下とエヴェリーナ叔母さまがキスしてるよ」

「トゥーリア！」

急いで娘を抱き上げると、ティルダはエヴェリーナに「ごゆっくり！」と言い残して、またしても廊下へ出ていく。

「やーだ！　トゥーリアもエヴェリーナ叔母さまとあそびたいー」

そんな声が、廊下をしばらくこだました。

「トゥーリアは、幼いころのきみに少し似ている」

「えっ……!?」

ライネの言葉に、エヴェリーナは耳を疑った。たしかに元気な子どもだったかもしれないが、トゥーリアほどではなかったと自分では思いたい。

「今も昔も、私の妻はとてもかわいらしい」

「そ、それよりも、ライネはなぜ手の甲ではなく指先にキスをするのをお好みなのですか？」

空気を変えようとしたつもりが、選んだ話題はまた微妙なものだった。

――でも、前から気になっていたの。なぜ指先なのかしら？

「指先ではなく、正しくは爪の際《きわ》にキスしている」

「なぜ、そんなところに？」

「爪の際は、皮膚が薄くてとても敏感だ。だから、昔から王家の男の間では、心から愛した女性にのみ爪の際にキスするという秘めた決め事がある」

「まあ……！　それは初めて知りました」

「それを見て、縁談の準備をする時代もあったそうだよ」

なるほど、言葉で示さずとも挨拶のキスひとつで王族の青年が気に入っている令嬢を判別できるというわけだ。それならば、貴族の間には知られていない習慣だったとしても不思議はない。皆がそれを知ってしまったら、秘めた決め事の意味がなくなってしまう。

「すてきな秘密を聞いてしまいました。教えてくださり、ありがとうございます。ほかの者には秘密にしておきますね」

エヴェリーナは、そっと自分の爪の際を指腹でなぞって微笑んだ。

……┃……・……┃……


「きみ、どこから来たんだい？」

王子は、裸足で宮殿の石畳を歩く少女に声をかけた。

彼の姿を見て、少女はぱっと笑みを浮かべる。なぜだろう。ひどく懐かしい気持ちがした。

「どこかで会ったことがあるだろうか」

青珊瑚色の瞳を潤ませ、彼女が何度も首を縦に振る。驚くほどに美しい少女だ。

けれど、王子が次に口を開くより先に、彼女はその場にしゃがみ込んでしまった。ほっそりとした二本の脚を、おそるおそる手のひらで撫でている。

「……脚が痛い？」

問いかけると、涙目の少女が頷く。

この子は、口がきけないのかもしれない。

「よかったら、宮殿で少し休んでおいきよ。それとも、何か用事がある？」

涙目のまま、彼女が微笑んだ。そして、ゆっくりと人差し指をこちらに向ける。

「……私に、用？」

「そうよ。わたし、あなたに会いに来たの」

「えっ？　きみ、話せないんじゃ……」

「今は、話せないわ。だけどきっと、いつか、遠い未来であなたに会う。何度も何度も、わたしたちは巡り合うの。そしていつか、あなたはわたしを愛してくれるから――」

彼女の形が、突然崩れていく。

「きみ、待って、どうして……」

少女はいくつもの泡になり、それはパチンパチンと順番に弾けて消えてしまう。

「駄目だ、行かないで。私はきみに……」

王子は必死に懇願したが、少女はもうどこにもいなかった。胸に残る、かすかな痛み。これはなんだろう。

これは――


「――……ネ、ライネ、だいじょうぶですか？」

目を開けると、こちらこそが自分の世界だとライネは息を吐いた。

「ああ、すまない。少し夢を見ていた」

「どんな夢かしら」

結婚して数カ月、最愛の妻は静かに彼の頬を撫でる。

「……きっと、きみの夢だ」

「わたしの？」

「そう、私の夢はいつでもエヴェリーナしかいない。それでいいんだ」

細い体を抱き寄せると、かすかに甘い香りがする。窓の外は雨が降っていた。

「エヴェリーナ、雨の音はもう平気になったのか？」

「ふふ、雨嫌い病のことですか？」

彼女は、幼いころからずっと雨音が苦手だったと聞いている。その理由は、わからなくもない。

かつて人魚だった娘は、そっとライネの背に腕をまわしてきた。

「ライネと結婚してからは、治ってしまったみたいです」

朝の雨は、静かに窓を濡らす。

白いナイトドレスを着たエヴェリーナが、まだ心配そうにライネのひたいを撫でた。

「……ごめんなさい。わたしの気がかりが、ライネにも移ってしまったのかもしれません」

「気がかり？」

エヴェリーナは、うっすらと頬を染めて頷く。

「あの、実は……」

耳元に唇を寄せて、彼女が小さな声で言う。

「最近、体調があまりよくなくて医官に相談していたんです。そうしたら昨晩、その、懐妊だろう、と」

「！　エヴェリーナ！」

ぱっと顔を上げ、ライネは愛しい妻を強く抱きしめたい衝動に襲われた。しかし、そこはこらえなくてはいけない。細い体に負担をかけては、お腹の子に悪影響がありそうだ。

「あ、あの、ですので、しばらく、その……」

「ああ、わかった。きみを抱くのは控えよう。愛しているよ、エヴェリーナ。私の子どもがここに……」

まだ平らな腹部に手をあてて、ライネは幸福を噛みしめる。

「男の子だろうか。それとも女の子だろうか?」

「それは、産まれてみないとわからないわ」

「どちらでも、きみに似たかわいい子になる。私にはわかるんだ。きっと、きみによく似た子だよ」

「もう、ライネったら。あなたの子なんですもの。ライネに似ていてほしいです」

「……ありがとう、エヴェリーナ」

「え?」

「この世に生まれてきてくれてありがとう。そして、私の妻になってくれてありがとう。私の子を孕んでくれてありがとう。きみがいるこの世界が、今はただ愛しくてたまらない」

エヴェリーナは、くすくすと笑い声をあげた。

「なぜ笑うんだい?」

「だって、幸せなんですもの」

窓の外は、静かな雨が降っている。

サンテ・ニモネン王国は、今日も潮の香りに満ちていた。

「私も幸せだよ。ああ、少しだけ不幸だ」

「えっ……？」

「私だけのエヴェリーナを、子どもにとられると思うとね？」

驚いた顔をしたエヴェリーナが、困ったように微笑む。

その顔が好きで、ライネはときどき彼女を困らせようとするけれど、エヴェリーナはすべてわかった上で愛情深く受け止めてくれる。

「殿下はお父さまになられるのですから、そんなことを言ってはいけませんよ」

「やれやれ、私のかわいいエヴェリーナが、たった数カ月でずいぶん大人になってしまった」

「おいやですか？」

「まさか！　愛しているに決まっている」

これは、かつて結ばれなかったふたりの恋のお話。

人間の王子に恋した人魚は海の泡となり、人魚に恋した人間の王子は人魚を失い、悲しみに暮れた。

けれどふたりは、悲恋《ひれん》の果てに幸せな未来を手に入れる。

四人の子どもと、七人の孫、そして多くの国民たちから愛された、サンテ・ニモネン王国のライネ王と王妃のお話――

283 前世は人魚姫ですが、どうしても王子の執着から逃げられません

あとがき

こんにちは、麻生ミカリです。ガブリエラブックスではじめてお目にかかります。

このたびは『前世は人魚姫ですが、どうしても王子の執着から逃げられません』を手にとっていただき、ありがとうございます。久々の大判書籍、あとがきを書いている今も完成がとても楽しみです。

私事ですが、デビューは大判書籍でした。その後も何冊か大判の恋愛小説を刊行する機会があったのですが、それはすべて現代もの。なので、西洋風の世界を舞台にした作品での大判書籍は本作が初めてとなります。今年でデビュー九年目になるのですが、毎回何かしら新しいことがあり、心躍らせる日々を過ごしています。

本作の主人公エヴェリーナは、前世で愛する王子の幸せを願い、自ら海の泡となった過去を持っています。そのため、彼女は前世を思い出す前から長生きを目標とする健康令嬢。たくさんの孫に囲まれる幸せな老後に憧れています。前世と同じ道はたどらないぞ、と心に決めているんですね。

ところが、ヒーローのライネは前世で愛した人魚＝エヴェリーナと今度こそ結婚し、彼女を幸せにすると心に誓っています。そんなふたりが紆余曲折を経て愛し合うお話です。ライネ殿下は基本的にちょっとヘンタイで闇属性男子だと思います！

そして、脇役ですがお気に入りキャラのマリッカ。本編で書ききれないくらい、マリッカについては設定がいろいろありました。ちなみに口調はオネエですが、マリッカの恋愛対象は女性です。作中でライネがマリッカと親しくしているエヴェリーナに嫉妬しているのは、あながち間違っていない感じで（笑）

イラストをご担当くださった、なおやみか先生。愛らしいエヴェリーナと、悩ましげで美しいライネをありがとうございました。あと、ひそかにマリッカが挿絵にいたことがとても嬉しかったです！

最後になりましたが、この本を読んでくださったあなたに最大級の感謝を込めて。

こうしてご挨拶を書くたび、読んでくれる方があってこその物語だなと感じる日々です。感謝の気持ちを胸に、新しい年もまたお話を書いていこうと思います。

またどこかでお会いできる日を願って。それでは。

二〇二〇年、最初の本の上梓に寄せて　麻生ミカリ

ガブリエラブックスをお買い上げいただきありがとうございます。
麻生ミカリ先生・なおやみか先生へのファンレターはこちらへお送りください。

〒110-0016　東京都台東区台東4-27-5（株）メディアソフト
ガブリエラブックス編集部気付　麻生ミカリ先生／なおやみか先生 宛

gabriella books

MGB-006

前世は人魚姫ですが、どうしても王子の執着から逃げられません

2020年2月15日 第1刷発行

著者　麻生《あそう》ミカリ

装画　なおやみか

発行人　日向晶

発行　株式会社メディアソフト
〒110-0016
東京都台東区台東4-27-5
TEL：03-5688-7559　FAX：03-5688-3512
http://www.media-soft.biz/

発売　株式会社三交社
〒110-0016
東京都台東区台東4-20-9 大仙柴田ビル2階
TEL：03-5826-4424　FAX：03-5826-4425
http://www.sanko-sha.com/

印刷　中央精版印刷株式会社

フォーマットデザイン　小石川ふに（deconeco）

装丁　吉野知栄（CoCo.Design）

ISBN 978-4-8155-4021-0